琼瑶作品
02
光影辑

华语世界
深具影响力作家

琼瑶

著

一帘幽梦

湖南文艺出版社
HUNAN LITERATURE AND ART PUBLISHING HOUSE

博集天卷
CS·BOOKY

我为爱而生，我为爱而写
文字里度过多少春夏秋冬
文字里留下多少青春浪漫
人世间虽然没有天长地久
故事里火花燃烧热情依旧

琼瑶

浴火重生的新全集

我生于战乱，长于忧患。我了解人事时，正是抗战尾期，我和两个弟弟，跟着父母，从湖南家乡，一路"逃难"到四川。六岁时，别的孩子可能正在捉迷藏，玩游戏。我却赤着伤痕累累的双脚，走在湘桂铁路上。眼见路边受伤的军人，被抛弃在那儿流血至死。也目睹难民争先恐后，要从挤满了人的难民火车外，从车窗爬进车内。车内的人，为了防止有人拥入，竟然拔刀砍在车窗外的难民手臂上。我们也曾遭遇日军，差点把母亲抢走。还曾骨肉分离，导致父母带着我投河自尽……这些惨痛的经历，有的我写在《我的故事》里，有的深藏在我的内心里。在那兵荒马乱的时代，我已经尝尽颠沛流离之苦，也看尽人性的善良面和丑陋面。这使我早熟而敏感，坚强也脆弱。

抗战胜利后，我又跟着父母，住过重庆、上海，最后因内战，又回到湖南衡阳，然后到广州，一九四九年，到了台湾。那年我十一岁，童年结束。父亲在师范大学教书，收入微薄。我和弟妹们，开始了另一段艰苦的生活。我也在这时，疯狂地吞咽着让我着迷的"文字"。《西游记》《三国演义》《水浒传》……都是这时看的。同时，也迷上了唐诗宋词，母亲在家务忙完后，会教我唐诗，我在抗战时期，就陆续跟着母亲学了唐诗，这时，成为十一二岁时的主要嗜好。

十四岁，我读初二时，又迷上了翻译小说。那年暑假，在父亲安排下，我整天待在师大图书馆，带着便当去，从早上图书馆开门，看到图书馆下班。看遍所有翻译小说，直到图书馆长对我说："我没有书可以借给你看了！这些远远超过你年龄的书，你通通看完了！"

爱看书的我，爱文字的我，也很早就开始写作。早期的作品是幼稚的，模仿意味也很重。但是，我投稿的运气还不错，十四岁就陆续有作品在报章杂志上发表，成为家里唯一有"收入"的孩子。这鼓励了我，尤其，那小小稿费，对我有大大的用处，我买书，看书，还迷上了电影。电影和写作也是密不可分的，很早，我就知道，我这一生可能什么事业都没有，但是，我会成为一个"作者"！

这个愿望，在我的成长过程里，逐渐实现。我的成长，一直是坎坷的，我的心灵，经常是破碎的，我的遭遇，几乎都是戏剧化的。我的初恋，后来成为我第一部小说《窗外》。发表在当时的《皇冠杂志》，那时，我帮《皇冠杂志》已经写了两年的短篇和中篇小说，和发行人平鑫涛也通过两年信。我完全没有料到，我这部《窗外》会改变我一生的命运，我和这位出版人，也会结下不解的渊源。我会在以后的人生里，陆续帮他写出六十五本书，而且和他结为夫妻。

这世界上有千千万万的人，每个人都有自己的一本小说，或是好几本小说。我的人生也一样。帮皇冠写稿在一九六一年，《窗外》出版在一九六三年。也在那年，我第一次见到鑫涛，后来，他告诉我，他一生贫苦，立志要成功，所以工作得像一头牛，"牛"不知道什么诗情画意，更不知道人生里有"轰轰烈烈的爱情"。直到他见到我，这头"牛"突然发现了他的"织女"，颠覆了他的生命。至于我这"织女"，从此也在他的安排下，用文字纺织出一部又一部的小说。

　　很少有人能在有生之年，写出六十五本书，十五部电影剧本，二十五部电视剧本（共有一千多集。每集剧本大概是一万三千字，虽有助理帮助，仍然大部分出自我手。算算我写了多少字？）。我却做到了！对我而言，写作从来不容易，只是我没有到处敲锣打鼓，告诉大家我写作时的痛苦和艰难。"投入"是我最重要的事，我早期的作品，因为受到童年、少年、青年时期的影响，大多是悲剧。**写一部小说，我没有自我，工作的时候，只有小说里的人物。我化为女主角，化为男主角，化为各种配角。写到悲伤处，也把自己写得"春蚕到死丝方尽"。**

　　写作，就没有时间见人，没有时间应酬和玩乐。我也不喜欢接受采访和宣传。于是，我发现大家对我的认识，是："被平鑫涛呵护备至的，温室里的花朵。一个不食人间烟火的女子！"我听了，笑笑而已。如何告诉别人，假若你不一直坐在书桌前写作，你就不可能写出那么多作品！当你日夜写作时，确实常常"不食人间烟火"，因为写到不能停，会忘了吃饭！**我一直不是"温室里的花朵"，我是"书房里的痴人"！因为我坚信人间有爱，我为情而写，为爱而写，写尽各种人生悲欢，也写到"蜡炬成灰泪始干"。**

　　当两岸交流之后，我才发现大陆早已有了我的小说，因为没有授权，出版得十分混乱。一九八九年，我开始整理我的"全集"，分别授权给大陆的出版社。台湾方面，仍然是鑫涛主导着我的全部作品。爱不需要签约，不需要授权，我和他之间也从没签约和授权。从那年开始，我的小说，分别有繁体字版（台湾）和简体字版（大陆）之分。因为大陆有十三亿人口，我的读者甚多，这更加鼓励了我的写作兴趣，我继续写作，继续做一个"文字的织女"。

　　时光匆匆，我从少女时期，一直写作到老年。鑫涛晚年多病，出版社也很早就移交给他的儿女。我照顾鑫涛，变成生活的重心，尽管如此，我也没有停止写作。我的书一部一部地增加，直到出版了六十五部书，还有许多散落在外的随笔和作品，不曾收入全集。当鑫涛失智失能又大中风后，我的心情跌落谷底。鑫涛靠插管延长生命之后，我几乎崩溃。然后，我又发现，我的六十五部繁体字版小说，早已不知何时开始，已经陆续绝版了！简体字版，也不尽如人意，盗版猖獗，网络上更是凌乱。

我的笔下，充满了青春、浪漫、离奇、真情……各种故事，这些故事曾经绞尽我的脑汁，费尽我的时间，写得我心力交瘁。我的六十五部书，每一部都有如我亲生的儿女，从孕育到生产到长大，是多少朝朝暮暮和岁岁年年！到了此时，我才恍然大悟，我可以为了爱，牺牲一切，受尽委屈，奉献所有，无须授权……却不能让我这些儿女，凭空消失！我必须振作起来，让这六十几部书获得重生！这是我的使命。

所以，在我已进入晚年的时候，我的全集，再度重新整理出版。在各大出版社争取之下，最后繁体版花落"城邦"，交由春光出版，简体版是"博集天卷"胜出。两家出版社所出的书，都非常精致和考究，深得我心。这套新的经典全集，非常浩大，经过讨论，我们决定分批出版，第一批是"影剧精华版"，两家出版社选的书略有不同，都是被电影、电视剧一再拍摄，脍炙人口的作品。然后，我们会陆续把六十多本出全。看小说和戏剧不同，文字有文字的魅力，有读者的想象力。希望我的读者们，能够阅读、收藏、珍惜我这套好不容易"浴火重生"的书，它们都是经过千锤百炼、呕心沥血而生的精华！那样，我这一生，才没有遗憾！

琼瑶

写于可园

二〇一七年十一月十日

我有一帘幽梦，

不知与谁能共？

多少秘密在其中，

欲诉无人能懂！

目 录

Contents

一帘幽梦

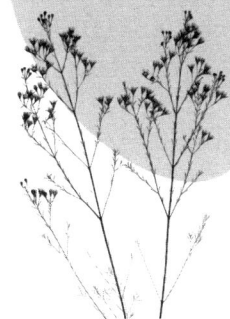

我有一帘幽梦，终于有人能共！多少辛酸在其中，只有
知音能懂！

壹

ONE

我看着镜子里的自己，红花格子的衬衫，下面是条牛仔裤，可真不像宴会的服装。

但是，管他呢！我是我，不是绿萍！

今夜家里有宴会。

今夜家里有宴会，我却坐在书桌前面，用手托着下巴，呆呆地对着窗上那一串串的珠帘发愣。珠帘！那些木雕的珠子，大的，小的，长圆形的，椭圆形的，一串串的挂着，垂着，像一串串的雨滴。绿萍曾经为了这珠帘对我不满地说：

"又不是咖啡馆，谁家的卧房用珠子做窗帘的？只有你，永远兴些个怪花样！"

"你懂什么？"我嗤之以鼻，"珠帘是中国自古以来就有的东西，你多念念诗词就知道了！"

"哦！"绿萍微微一笑，"别亮招牌了，谁都知道咱们家的二小姐是个诗词专家！"

"算了！诗词的窍门都还没弄清楚就配称专家了？我还没有那样不害臊呢！"我抬了抬下巴，又酸溜溜地接了几句，"诗词专家！你少讽刺人吧！亲友们没几个知道我这'专家'的，但是，却知道我家有个直升T大的才女！和一个考不上大学的笨丫头！"

"好了，好了！"绿萍走过来，揉了揉我那满头短发，好脾气地说，"别懊恼了，考不上大学的人又不是只有你一个，何况，今年考不上还有明年，明年考不上还有后年……"

"只怕等你当大学教授的时候，我还在那儿考大学呢！"我嚷着说。

"又胡说八道了！"绿萍对我摇摇头，无可奈何地叹口气，"我真不了解你，紫菱，以你的聪明，你应该毫无问题地考上大学，我想……"

"你不用想，"我打断了她，"你永远想不清楚！因为没有人能想清楚，连我自己都想不清楚！"

绿萍困惑地望着我，她的眼睛里有抹怜悯，有抹同情，还有抹深深的关切与温柔，她一向就是个好心肠的姐姐！一个标准的姐姐！我笑了，对她洒脱地扬了扬眉毛：

"够了，绿萍！你别那样愁眉苦脸的吧！告诉你，我并不在乎！考不上大学的人成千累万，不是吗？我吗？我……"我望着窗上的珠帘，忽然间转变了话题，"你不觉得这珠帘很美吗？别有一种幽雅的情调！你真不觉得它美吗？"

绿萍瞪视着那珠帘，我知道，她实在看不出这珠帘有什么"情调"和"美"来。但是，她点了点头，柔声地、安静地说：

"是的，仔细看看，它确实挺有味道的！"

这就是姐姐，这就是绿萍，温柔、顺从、善良、好心的姐姐。她并不是由心底接受了这珠帘，她只是不愿泼我的冷水。绿萍，她一生没泼过任何人的冷水，功课好、人品好、长相好，父母希望她品学兼优，她就真的"品学兼优"，父母希望她在大学毕业前不谈恋爱，她就真的不谈恋爱。她该是天下父母所希望的典型儿女！难怪，她会成为父母的掌上明珠，也难怪，我会在她面前"相形见绌"了。

珠帘别有情调，珠帘幽雅美丽，珠帘是诗词上的东西，珠帘像一串串水滴……而我现在，却只能对着这珠帘发呆。因为、今晚家里有宴会。

宴会是为了绿萍而开的。今年暑假，绿萍拿到了大学文凭，我拿到了高中文凭，父亲本就想为我们姐妹俩请次客，但我正要参加大专联考，母亲坚持等我放榜后，来一个"双喜临门"。于是，这宴会就拖延了下来，谁知道联考放榜，我却名落孙山，"双喜"不成，变成了"独悲"。这份意外的"打击"，使母亲好几个月都振作不起来。这样，转眼间，秋风起兮，转眼间，冬风复起，绿萍又考进了一个人人羡慕的国外机构，得到一份高薪的工作。这使母亲又"复活"了，又"兴奋"了。绿萍最大的优点，就是可以用她的光芒，来掩盖我的暗淡。母亲忘了我落榜带给她的烦恼，也忘了这份耻辱，她广发了请帖，邀请了她的老同学、干姐妹、老朋友、世交，以及这些人的子女，姐姐的同学……济济一堂，老少皆有……这是个盛大的宴会！

而我，我只好对着我的珠帘发呆。

快七点钟了，客厅里已经人声鼎沸，我不知道几点钟开席，我只觉得肚子里叽里咕噜叫。我想，我该到厨房里去偷点儿东西吃的，我总不能饿着肚子，整晚看我的珠帘，这样下去，我会把那些珠子幻想成樱桃、汤圆、椰子球、鱼丸和巧克力球了！或许，我也可以若无其事地出去参加宴会，去分享我姐姐的成功。但是，我如何去迎接那些伯伯叔叔阿姨婶婶同情的眼光，还有，那楚家！天哪，我已经听到楚伯母那口标准的京片子，在爽朗地高谈阔论了！那么，同来的必然有楚濂和楚漪了！那对和姐姐同样光芒四射、"品学兼优"的兄妹，那漂亮潇洒的楚濂，那高雅迷人的楚漪！天，算了！我叹口长气，我宁愿忍受着肚子饿，还是乖乖地坐在这儿发呆吧！

我不知道我坐了多久，可是，我的鼻子和耳朵都很敏锐，鼻子闻到了炸明虾的香味，耳朵听到了碗盘的叮当。今晚因为人太多，吃的是自助餐，美而廉叫来的，听说美而廉的自助餐相当不错，闻闻香味已经可以断定了。闭上眼睛，我想象着他们端着盘子，拿着菜，分散在客厅四处，一面吃，一面聊着天。当然，绿萍会出足风头，带着她文雅而动人的微笑，周旋在众宾客之间！母亲会不停地向客人们叙述姐姐的光荣历史。哎！那种滋味一定和当明星差不多的，绿萍，她生下来就是父母手中的一颗闪亮的星星！

我饿了。

我相当无聊。

我的肚子在叫。

我开始觉得那珠帘实在没有什么"情调"了。

我叹气，我靠进椅子里，我把脚高高地架在书桌上，我歪头，我做鬼脸，我咬嘴唇，我背诗，我突然直跳起来，有人在敲我的房门。

"是谁？"我没好气地问。

门被推开了，是父亲！

他走了进来，把房门在他身后合拢，他一直走向我面前，静静地看着我。我噘着嘴，瞪视着他。他对我眨眨眼睛，我也对他眨眨眼睛，然后，他笑了起来：

"你准备饿死吗，鬼丫头？"他问。

我歪着头，紧闭着嘴，一语不发。

"该死！"他诅咒起来，抓住我的肩，重重地在我屁股上拍了一下，"你居然没有换衣服，没有化妆，你像个丑小鸭，看你那乱蓬蓬的头发……要命！我从没有希望你像你的姐姐，因为你是你！你不高兴吃饭，不高兴参加宴会，我也懒得勉强你。但是，你躲在这儿饿肚子，我看着可不舒服，这样吧，"他想了想，"我去偷两盘菜来，我陪你在屋里吃吧！我知道你这鬼丫头是最挨不了饿的！"

我"扑哧"一声笑了出来，搂住父亲的脖子，我亲了亲他的面颊。抓住他的手，我高兴地说：

"好爸爸，你总算给我送梯子来了，我正没办法下台阶呢！现在，走吧！我们参加宴会去！我已经快饿死了！"

"你决定了？"父亲斜睨着我，"你那些该死的自卑感还在不在作祟？"

"当肚子饿的时候，自卑感总是作不了什么祟的！"我老老实实地回答。

"你不怕外面有老虎吃了你？"父亲笑着问。

"我现在可以吃得下一只老虎！只怕我先把它吃了！"我瞪着眼说。

父亲大笑了起来。笑停了，他深深地注视着我，用手摸摸我的短发，他点点头，慢吞吞地说：

"告诉你，紫菱，你不是你姐姐，但是，你一直是我的宝贝！去！梳梳你的头发，我们参加宴会去！今天来了很多有趣的客人，记得费云舟叔叔吗？他把他弟弟也带来了，一个好风趣的人，你一定喜欢听他吹牛！还有陶剑波，那个漂亮的男孩子，他正对你姐姐展开攻势呢，还有许家姐妹，章家全家，楚濂、楚漪……你要是不出去呀，错过许多有趣的事，那就算你自己倒霉！"

我闪电般冲到梳妆台前，拿起发刷，胡乱地刷了刷我的短发，我的头发是最近才烫的，清汤挂面的学生头烫不出什么好花样来，我弄了满头乱蓬蓬的大发卷，发卷覆在额上，那两道浓眉实在不够秀气，我怎么也别希望像绿萍那样美！但是，我是我！不是绿萍！下意识地昂高了下巴，我看着镜子里的自己，红花格子的衬衫，下面是条牛仔裤，可真不像宴会的服装。但是，管他呢！我是我，不是绿萍！回过头来，我挽住父亲的胳膊，大声地说：

"走吧！"

父亲上上下下地看看我，笑着。

"就这样吗？"他问。

"是的，我是只变不成天鹅的丑小鸭！"

父亲笑得开心。

"那么，走吧！你马上可以尝到咖喱牛肉和生炸明虾了！"

我咽了一口口水，很没面子，咽得"咕嘟"一声，好响好响，我看看父亲，父亲也正嘲弄似的看看我，我做了个鬼脸，父亲回了我一个鬼脸，然后……

我们打开房门，走下楼梯，大踏步地走进客厅。

一帘幽梦

贰

TWO

"你生动、坦白、自然、俏皮、敏锐，而风趣。你是个很可爱的女孩，紫菱。"

一走进客厅，我就被眼前的情景震慑住了。

没想到有那么多人，没想到如此热闹，到处都是衣香鬓影，到处都是笑语喧哗。人群东一堆西一堆地聚集着，拥挤着，喧嚣着。美而廉的侍者穿梭其间，碗盘传递，觥筹交错。我一眼就看出客人分成了明显的两类，一类是长一辈的，以母亲为中心，像楚伯母、陶伯母、章伯母……以及伯伯、阿姨们，他们聚在一块儿，热心地谈论着什么。楚伯母、陶伯母、何阿姨和妈妈是大学同学，也是结拜姐妹，她们年轻时彼此竞争学业，炫耀男朋友，现在呢，她们又彼此竞争丈夫的事业、炫耀儿女。还好，爸爸在事业上一直一帆风顺，没丢她的脸，绿萍又是那么优异，给她争足了面子，幸好我不是她的独生女儿，否则她就惨了！另一类是年青的一辈，以绿萍为中心，像楚濂、楚漪、陶剑波、许冰洁、许冰清……和其他的人，他们聚集在唱机前面，正在收听着一张汤姆·琼斯的唱片。陶剑波又带着他那时刻不离身的吉他，大概等不及地想表演一番了。看样子，今晚的宴会之后，少不了要有个小型舞会，说不定会闹到三更半夜呢！

我和父亲刚一出现，费云舟叔叔就跑了过来，把父亲从我身边拉走了，他们是好朋友，又在事业上有联系，所以总有谈不完的事情。父亲对我看看，又对那放着食物的长桌挤了挤眼睛，就抛下了我。我四面看看，显然我的出现并没有引起任何人的注意，本来，渺小如我，又值得何人注意呢！没人注意也好，免得那些叔叔伯伯来"安慰"我的"落第"。

我悄悄地走到桌边，拿了盘子，装了满满的一盘食物。没人理我，我最起码可以不受注意地饱餐一顿吧！客厅里的人几乎都已拿过了食物，所以餐桌边反而没有什么人，装满了盘子，我略一思索，就退到了阳台外面。这儿，如我所料，没有任何一个人，我在阳台上的藤椅上坐下来，把盘子放在小桌上，开始狼吞虎咽地大吃起来。

室内笑语喧哗，这儿却是个安静的所在。天边，挂着一弯下弦月，疏疏落落的几颗星星，缀在广漠无边的穹苍里。空气是凉而潮湿的，风吹在身上，颇有几分寒意，我那件单薄的衬衫，实在难以抵御初冬的晚风。应该进屋里去吃的！可是，我不要进去！咬咬牙，我大口大口地吞咽着咖喱牛肉和炸明虾。肚子吃饱了，身上似乎也增加了几分暖意，怪不得"饥寒"两个字要连在一块儿说，原来一"饥"就会"寒"呢！

我风卷残云般地"刮"光了我的碟子，大大地叹了口气。把碟子推开，我舔舔嘴唇，喉咙里又干又辣，我忘了拿一碗汤，也忘了拿饮料和水果，我瞪着那空碟子，嘴里叽里咕噜地发出一连串的诅咒：

"莫名其妙的自助餐，自助个鬼！端着碟子跑来跑去算什么名堂？又不是要饭的！简直见鬼！……"

我的话还没有说完，有个人影遮在我的面前，一碗热汤从桌面轻轻地推了过来，一个陌生的、男性的声音在我耳边响起：

"我想，你会需要一点喝的东西，以免噎着了！"

我抬起头来，瞪大了眼睛，望着面前那个男人。我接触了一对略带揶揄的眼光，一张不是很年轻的脸庞，三十五岁？或者四十岁？我不知道，我看不出男人的年龄。月光淡淡地染在他的脸上，有对浓浓的眉毛和生动的眼睛，那唇边的笑意是颇含兴味的。

"你是谁？"我问，有些恼怒，"你在偷看我吃饭吗？你没有看过一个肚子饿的人的吃相吗？"

他笑了。拉了一张椅子，他在我对面坐了下来。

"不要像个刺猬一样张开你的刺好不好？"他说，"我很欣赏你的吃相，因为你是不折不扣地在'吃'！"

"哼！"我打鼻子里哼了一声，端起桌上那碗汤，老实不客气地喝了一大口。放下汤来，我用手托着下巴，凝视着他。"我不认识你。"我说。

"我也不认识你！"他说。

"废话！"我生气地说，"如果我不认识你，你当然也不会认识我！"

"那也不尽然，"他慢吞吞地说，"伊丽莎白·泰勒不认识我，我可认识她！"

"当然我不会是伊丽莎白·泰勒！"我冒火地叫，"你是个很不礼貌的家伙！"

"你认为你自己相当礼貌吗？"他笑着问，从口袋里掏出烟盒和打火机，望望我，"我可以抽烟吗？"

"不可以！"我干干脆脆地回答。

他笑笑，仿佛我的答复在他预料之中似的，他把烟盒和打火机又放回口袋里。

"你的心情不太好。"他说。

"我也没有招谁惹谁，我一个人躲在这儿吃饭，是你自己跑来找晦气！"

"不错。"他也用手托着下巴，望着我，他眼里的揶揄消失了，取而代之的，是一抹诚恳而关怀的眼光，他的声音低沉温和，"为什么一个人躲在这儿？"

"你很好奇啊？"我冷冰冰的。

"我只代主人惋惜。"

"惋惜什么？"

"一个成功的宴会，主人是不该冷落任何一个客人的！"

天哪！他竟以为我是个客人呢！我凝视着他，忍不住笑了起来。

"好难得，居然也会笑！"他惊叹似的说，"可是，你笑什么？"

"笑你的热心，"我说，"你是在代主人招待我吗？你是主人的好朋友吗？"

"我第一次来这儿。"他说。

"我知道。"

"你怎么知道？你是这儿的熟客？"

"是的。"我玩弄着桌上的刀叉，微笑着注视着他，"熟得经常住在这儿。"

"那么，你为什么不和那些年轻人在一块儿？你听，他们又唱又弹吉他的，闹得多开心！"

我侧耳倾听，真的，陶剑波又在表演他的吉他了，他弹得还真不坏，是披头士最近的曲子《嘿，裘德！》。但是，唱歌的却是楚濂的声音，他的声音是一听就听得出来的，那带着磁性的、略微低沉而美好的嗓音，我从小听到大的声音！帮他和声的是一群女生，绿萍当然在内。楚濂，他永远是女孩子包围的中心，就像绿萍是男孩子包围的中心一样。他们和得很好，很熟练。我轻咬了一下嘴唇。

"瞧！你的眼睛亮了，"我的"招待者"说，他的目光正锐利地盯在我的脸上，"为什么不进去呢？你应该和他们一起欢笑，一起歌唱的！"

"你呢？"我问，"你又为什么不参加呢？"

"我已不再是那种年龄了！"

我上上下下地打量他。

"我看你一点也不老！"

他笑了。

"和你比，我已经很老了。我起码比你大一倍。"

"胡说！"我抬了抬下巴，"你以为我还是小孩子吗？告诉你，我只是穿得随便一点，我可不是孩子！我已经十九岁了！"

"哈！"他胜利地一扬眉，"我正巧说对了！我比你大一倍！"

我再打量他。

"三十八？"我问。

他含笑点头。

"够老吗？"他问。

我含笑摇头。

"那么，我还有资格参加？"

我点头。

"那么，你愿意和我一起去参加吗？"

我斜睨着他，考虑着。终于，我下定决心地站了起来，在我的牛仔裤上擦了擦手，因为我忘记拿餐巾纸了。我一面点头，一面说：

"好吧，仅仅是为了你刚才那句话！"

"什么话？"他不解地问。

"一个成功的宴会，主人是不该冷落任何一个客人的！"我微笑地说。

"嘿！"他叫，"你的意思不是说……"

"是的，"我对他弯了弯腰，"我是汪家的老二！你必定已经见过我那个聪明、漂亮、温柔、文雅的姐姐，我呢？我就是那个一无可取的妹妹！你知道，老天永远是公平的，它给了我父母一份'骄傲'，必定要给他们另一份'失意'，我，就是那份'失意'。"

这次，轮到他上上下下地打量我。

"我想，"他慢吞吞地说，"这份'失意'，该是许多人求还求不来的！"

"你不懂，"我不耐地解释，主动地托出我的弱点，"我没有考上大学。"

"哈！"他抬高眉毛。"你没有考上大学？"他问。

"是的！连最坏的学校都没考上。"

"又怎么样呢？"他微蹙起眉，满脸的困惑。

"你还不懂吗？"我懊恼地嚷，"在我们这样的家庭里，没考上大学就是耻辱，姐姐是直升大学的，将来要去国外，要深造，要拿硕士，拿博士……而我，居然考不上大学！你还没懂吗？"

他摇头，他的目光深沉而温柔。

"你不需要念大学，"他说，"你只需要活得好，活得快乐，活得心安理得！人生的学问，并不都在大学里，你会从实际的生活里，学到更多的东西。"

我站着，瞪视着他。

"你是谁？"这是我第二次问他了。

"我姓费，叫费云帆。"

"我知道了，"我轻声说，"你是费云帆叔叔的弟弟。"我轻叮了一声：

"天哪，我该叫你叔叔吗？"

"随你叫我什么，"他又微笑起来，他的笑容温暖而和煦，"但是，我该叫你什么？汪家的失意吗？"

我笑了。

"不，我另有名字，汪紫菱，紫色的菱花，我准是出生在菱角花开的季节。"

"紫菱，这名字叫起来蛮好听，"他注视我，"现在，你能抛开你的失意，和我进到屋子里去吗？如果再不进去，你的鼻子要冻红了。"

我又笑了。

"你很有趣，"我说，"费——见鬼！我不愿把你看作长辈，你一点长辈样子都没有！"

"但是，我也不同意你叫我'费见鬼'！"他一本正经地说。

我大笑了，把那被风吹得乱七八糟的头发拂了拂，我高兴地说：

"我们进去吧！费云帆！"

他耸耸肩，对我这连名带姓的称呼似乎并无反感，他看来亲切而愉快，成熟而洒脱，颇给人一种安全信赖的感觉。因此，当我跨进那玻璃门的时候，我又悄悄地说了句内心深处的话：

"告诉你一个秘密，我自己并不在乎没考上大学，我只是受不了别人的'在乎'而已。"

他笑笑。

"我早就知道了。"他说。

我们走了进去，正好那美而廉的侍者在到处找寻我的碟子和汤碗，我指示了他。如我所料，客厅里的景象已经变了，餐桌早已撤除，房间就陡然显得空旷了许多。长一辈的客人已经告辞了好几位，现在只剩下楚伯伯、楚伯母、费云舟、何阿姨等人。而楚濂、陶剑波等年青的一代都挤在室内，又唱又闹。陶剑波在弹吉他，楚濂和绿萍在表演探戈，他们两人的舞步都优美而纯熟，再加上两人都出色地漂亮，在客厅那柔和的灯光下，他们像一对金童玉女。我注意到母亲的眼睛发亮地看着他们，就猛觉得心头痉挛了一下，浑身不由自主地一颤。费云帆没有忽略我的颤动，他回头望着我：

"怎么了，你？"

"恐怕在外面吹了冷风，不能适应里面的热空气。"我说，看着楚濂和绿萍。"看我姐姐！"我又说，"因为她名叫绿萍，所以她喜欢穿绿色的衣服，她不是非常非常美丽吗？"

真的，绿萍穿着一件翠绿色软绸质料的媚嬉装，长裙曳地，飘然若仙。她披垂着一肩长发，配合着楚濂的动作，旋转、前倾、后仰，每一个动作都是美的韵律。她的面孔发红，目光如醉，眼睛在灯光下闪烁着光芒。楚濂呢？他显然陶醉在那音乐里，陶醉在那舞步里，或许，是陶醉在绿萍的美色里。他的脸焕发着光彩。

费云帆对绿萍仔细地看了一会儿。

"是的，你的姐姐很美丽！"

"确实是汪家的骄傲吧？"

"确实。"他看着我，"可是，你可能是汪家的灵魂呢！"

"怎么讲？"我一愣。

"你生动、坦白、自然、俏皮、敏锐，而且风趣。你是个很可爱的女孩，紫菱。"

我怔了好长一段时间，呆呆地看着他。

"谢谢你，费云帆，"我终于说，"你的赞美很直接，但是，我不能不承认，我很喜欢听。"

他微笑着，似乎还想说什么。但是，父亲和费云舟大踏步地向我们走来了。费云舟叔叔立刻说：

"云帆，你到什么地方去了？我在到处找你。"

"我吗？"费云帆笑着，"我在窗外捡到一个'失意'。"

我瞪了他一眼，这算什么回答？！父亲用胳膊挽住了我的肩，笑着看看我，再看看费云帆。

"你和费叔叔谈得愉快吗？他有没有告诉你他在欧洲的那些趣事，和他的女朋友们？"

我惊奇地看着费云帆，我根本不知道他刚从欧洲回来，我也不知道他的什么女朋友！我们的谈话被母亲的一声惊呼打断了，她快步地向我走来，一把拉住了我的手腕：

"啊呀，紫菱，你就不能穿整齐一点儿吗？瞧你这副乱七八糟的样子！整个晚上跑到哪里去了？快，过来和楚伯母、何阿姨打招呼，你越大越没规矩，连礼貌都不懂了吗？这位小费叔叔，你见过了吧？"

我再对那位"小费叔叔"投去一瞥，就被母亲拉到楚伯母面前去了。楚伯母高贵斯文，她对我温和地笑着，轻声说：

"为什么不去和他们跳舞呢？"

"因为我必须先来和你们'打招呼'。"我说。

楚伯母"扑哧"一笑，对母亲说：

"舜涓，你这小女儿的脾气越来越像展鹏了。"

展鹏是父亲的名字，据说，年轻时，他和母亲、楚伯母等都一块儿
玩过，我一直奇怪，父亲为什么娶了母亲而没有娶楚伯母，或许，因为
他没追上，楚伯伯是个漂亮的男人！

"还说呢！"母亲埋怨地说，"展鹏什么事都惯着她，考不上大学……"

天哪！我翻翻白眼，真想找地方逃走。机会来了。楚濂一下子卷到
了我的面前，不由分说地拉住了我，大声地、愉快地、爽朗地叫着：

"你躲到什么地方去了，紫菱？快来跳舞！我要看看你的舞步进步了
没有！"

我被他拉进了客厅的中央，我这才发现，陶剑波已经抛下了他的吉
他，在和绿萍跳舞。唱机里播出的是一张"阿哥哥"，几乎所有的年轻
人都跳。音乐疯狂地响着，人们疯狂地跳着。这轻快的、活泼的空气
立刻鼓舞了我，我开始放开性子跳了起来。楚濂对我鼓励地一笑，说：

"我要把'落榜'的阴影从你身上连根拔去！紫菱，活泼起来吧！像
我所熟悉的那个小野丫头！"

我忽然觉得眼眶湿润。楚濂，他那年轻、漂亮的脸庞在我眼前晃
动，那乌黑晶亮的眼睛，那健康的、褐色的皮肤，那神采飞扬的眉
毛……我依稀又回到了小时候，小时候，我、绿萍、楚濂、楚漪整天在
一块儿玩，在一块儿疯，绿萍总是文文静静的，我总是疯疯癫癫的，于
是，楚濂叫绿萍作"小公主"，叫我作"野丫头"。一晃眼间，我们都
大了，绿萍已经大学毕业，楚漪也念了大学三年级，楚濂呢，早已受过
预备军官训练，现在是某著名建筑公司的工程师了。时间消逝得多快！
这些儿时的伴侣里只有我最没出息，但是，楚濂望着我的眼睛多么闪亮
啊！只是，这光芒也为绿萍而放射，不是吗？

好一阵疯狂的舞动。然后，音乐变了，一支慢的华尔兹。楚濂没有放开我，他把我拥进了怀里，凝视着我，他说：

"为什么这么晚才出来？"

"我保证你并没有找过我！"我笑着说。

"假若你再不出现，我就会去找你了！"

"哼！"我撇撇嘴，"你不怕绿萍被陶剑波抢走？恐怕，你所有的时间，都用来看守绿萍了。否则，你应该早就看到了我，因为我一直在阳台上。"

"是吗？"他惊奇地说，"我发誓一直在注意……"

绿萍和陶剑波舞近了我们，绿萍对楚濂盈盈一笑，楚濂忘了他对我说了一半的话，他回复了绿萍一个微笑，眼光就一直追随着她了。我轻嘘了一口气。

"楚濂，"我说，"你要不要我帮你忙？"

"帮我什么忙？"

"追绿萍呀！"

他瞪视我，咧开嘴对我嘻嘻笑着。

"你如何帮法？"他问。

"马上就可以帮！"我拉着他，舞近陶剑波和绿萍，然后，我很快地对绿萍说："绿萍，我们交换舞伴！"

立刻，我甩开了楚濂，拉住了陶剑波。绿萍和楚濂舞开了，我接触到陶剑波颇不友善的眼光。

"小鬼头！你在搞什么花样？"他问。

"我喜欢和你跳舞，"我凄凉地微笑着，"而且，我也不是小鬼头了！"

"你一直是个小鬼头！"他没好气地说。

"那么，小鬼头去也！"我说完，转身就走。他在我身后跺脚，诅咒。但是，只一会儿，他就和楚濂舞在一块儿了。我偷眼看楚濂和我那美丽的姐姐，他们拥抱得很紧，他的唇几乎贴着她的耳际，他正在对她低低地诉说着什么。绿萍呢？她笑得好甜、好美、好温柔。

我悄悄地退到沙发边，那儿放着陶剑波的吉他。我抱起吉他，轻轻地拨弄着琴弦，那弦声微弱的音浪被唱片的声音吞噬了。我的姐姐在笑，楚濂的眼睛闪亮，童年的我们追逐在山坡上……

有人在我身边坐下来。

"给我那个吉他！"他说。

我茫然地看看他，那几乎被我遗忘了的费云帆。我把吉他递给了他。

"跟我来！"他说，站起身子。

我跟他走到玻璃门外，那儿是我家的花园，夜风拂面而来，带着淡淡的花香，冬青树的影子，耸立在月光之下。他在门前的台阶上坐了下来，抱着吉他，他拨出一连串动人的音浪，我惊愕地坐在他身边，瞪视着他。

"我不知道你还会弹吉他！"我说。

"在外国，我可以在乐队中做一个职业的吉他手。"他轻描淡写地说，成串美妙的音符从他指端倾泻了出来。我呆住了，怔怔地望着他。他抬眼看我，漫不经心地问："要听我唱一支歌吗？"

"要。"我机械化地说。

于是，他开始和着琴声随意地唱：

"有一个女孩名叫'失意'，

> 她心中有无数秘密，
>
> 只因为这世上难逢知己，
>
> 她就必须寻寻又觅觅！
>
> ……"

我睁大了眼睛，睁得那样大，直直地望着他。他住了口，望着我，笑了。

"怎样？"他问。

"你——"我怔怔地说，"是个妖怪！"

"那么，你愿意和这妖怪进屋里去跳个舞吗？"

"不，"我眩惑而迷惘地说，"那屋里容不下'失意'，我宁可坐在这儿听你弹吉他。"

他凝视我，眼睛里充满了笑意。

"但是，别那样可怜兮兮的好不好？"他问。

"我以为我没有……"我嗫嚅地说着。

他对我慢慢摇头，继续拨弄着吉他，一面又漫不经心地、随随便便地唱着：

> "……
>
> 她以为她没有露出痕迹，
>
> 但她的脸上早已写着孤寂。
>
> ……"

我凝视着他，真的呆了。

叁

THREE

我的弹珠早已失落，我的童年也早已失落，而失去的东西是不会再回来的。我深
吸了口气，或许我根本没失落什么，因为我根本没有得到过。

宴会过去好几天了。

绿萍也开始上班了。

事实上，绿萍的上班只是暂时性的，她早已准备好去外国，考托福对她是易如反掌的事，申请奖学金更不成问题。她之所以留在这里，一方面是母亲舍不得她，要多留她一年。另一方面，与她的终身大事却大有关系，我可以打赌，百分之八十是为了那个该死的楚濂！

楚濂为什么该死呢？我也说不出所以然来，一清早母亲就告诉我说：

"我已经和楚伯母，以及楚濂讲清楚了，以后每个星期一三五晚上，楚濂来帮你补习数理和英文！准备明年重考！大学，你是无论如何要进的！"

"妈，"我蹙着眉说，"我想我放弃考大学算了！"

"什么话？"母亲大惊失色地说，"不考大学你能做什么？连嫁人都没有好人家要你！"

"除了考大学和嫁人以外，女孩子不能做别的吗？"我没好气地说。

"什么机关会录取一个高中生？"母亲轻蔑地说，"而且，我们这样的家庭……"

"好了，好了，"我打断她，"我去准备，明年再考大学，行吗？"

母亲笑了。

"这才是好孩子呢！"

"可是，"我慢吞吞地说，"假若我明年又没考上，怎么办呢？"

"后年再考！"母亲斩钉截铁地说。

"那么，你还是趁早帮我准备一点染发剂吧！"

"染发剂？"母亲怪叫，"什么意思？"

"假若我考了二十年还没考上，那时候就必须用染发剂了，白着头发考大学总不成样子！"

母亲瞪大眼睛，望着我，半天才"唉"了一声说：

"你可真有志气！紫菱，你怎么不能跟你姐姐学学呢？她从没有让我这样操心过！"

"这是你的失策。"我闷闷地说。

"我的失策？你又是什么意思？"母亲的眉头蹙得更紧。

"蛮好生了绿萍，就别再生孩子！谁要你贪心不足，多生了这么一个讨厌鬼！"

母亲愣在那儿了，她的眼睛瞪得那样大，好像我是个她从没有见过的怪物，过了好久，她才咬着牙说了句：

"你实在叫人难以忍耐！"

转过身子，她向门外走去，我闷闷地坐在那儿，对着我的珠帘发呆。听着房门响，我才倏然回头，叫了一声：

"妈！"

母亲回过头来。

"对不起，"我轻声地说，"我并不是有意的！"

母亲抬脚回到我面前来，用手揽住了我的头，她抚弄我的头发，像抚弄一个小婴儿。温柔地、慈祥地，而又带着几分无奈地，她叹口气说：

"好孩子，我知道你考不上大学，心里不舒服。可是，只要你用功，你明年一定会考上，你的聪明，绝不比绿萍差，我只是不明白你怎么一天到晚要对着窗子发呆的！你少发些呆，多看点书，就不会有问题了。以后有楚濂来帮你补习，你一定会进步很快的！"

"楚濂，"我咬咬嘴唇，又开始控制不住我自己的舌头，"他并没有兴趣帮我补功课，他不过是来追求绿萍的而已！"

母亲笑了。

"小丫头！"她笑骂着，"你心里就有那么多花样！管他真正的目的是什么，反正他说他乐意帮你补习！"

"他？"我低语，"乐意才有鬼呢！"

好了，今晚就是星期一，楚濂该来帮我补课的日子，我桌上放着一本英文高级文法书，但是，我已对着我那珠帘发了几小时的呆。那珠帘，像我小时候玩的弹珠，他们说，女孩子不该趴在地上玩弹珠，我可管不了那么多！我玩得又准又好，连楚濂和陶剑波这些男孩子都玩不过我。那时，我又矮又小，整天缠着他们：

"楚哥哥，跟我玩弹珠！"

"你太小！"他骄傲地昂着头，比我大五岁，似乎就差了那么一大截。

"我不小！"我猛烈地摇头，把小辫子摇得前后乱甩，一直摇散了为止，"如果你不和我玩，我会放声大哭，我说哭就哭，你信不信？"

"我信！我信！"他慌忙说，知道我不是虚声恐吓，"我怕你，鬼丫头！"

于是，我们趴在地上玩弹珠，只一会儿，我那神乎其技的本事就把他给镇住了，他越玩越起劲，越玩越不服气，我们可以一玩玩上数小时，弄了满身满头的尘土。而我那美丽的小姐姐，穿着整齐的衣裙，和楚濂站在一边儿观战，嘴里不住地说：

"这有什么好玩呢？楚濂，你说好要玩扮家家的，又打起弹珠来了！"

"不玩不行嘛，她会哭嘛！"楚濂说，头也不抬，因为他比我还沉迷于玩弹珠呢！

"她是爱哭鬼！"楚漪慢条斯理地说。

爱哭鬼？不，我并不真的爱哭，我只在没人陪我玩的时候才哭，真正碰到什么大事我却会咬着牙不哭。那年楚濂教我骑脚踏车，我十岁，他十五。他在后面推着车子，我在前面飞快地骑，他一面气喘吁吁地跑，一面不住口地对我嚷：

"你放心，我扶得稳稳的，你摔不了！"

我在师大的操场上学，左一圈右一圈，左转弯，右转弯，骑得可乐极了，半晌，他在后面嚷：

"我告诉你，我已经有五圈没有碰过你的车子了，你根本已经会骑了！"

我蓦然回头，果然，他只是跟着车子跑而已。我这一惊非同小可，"哇呀"地尖叫了一声，就连人带车子滚在地上。他奔过来扶我，我却无法站起身来，坐在地上，我咬紧牙关不哭，他卷起我的裤管，满裤管的血迹，裤子从膝盖处撕破，血从膝盖那儿直冒出来，他苍白着脸抬头看我，一迭连声地说：

"你别哭，你别哭！"

我忍着眼泪，冲着他笑。

"我不痛，真的！"我说。

他望着我，我至今记得他那对惊吓的、佩服的、怜惜的眼光。

噢！童年时光，一去难回。成长，居然这样快就来临了。楚濂，不再是那个带着我疯、带着我闹的大男孩了，他已是个年轻的工程师。"年轻有为，前途无量。"母亲说的。昨晚我曾偷听到她在对父亲说：

"楚濂那孩子，我们是看着他长大的，我们和楚家的交情又非寻常可比，我想，他和绿萍是标标准准的一对，从小就青梅竹马、两小无猜。绿萍如果和楚濂能定下来，我也就了了一件心事了。"

青梅竹马，两小无猜！绿萍和楚濂吗？我瞪视着窗上的那些珠子，大的，小的，一粒一粒，一颗一颗，像我的玻璃弹珠！那些弹珠呢？都遗失到何处去了？我的童年呢？又遗失到何处去了？

有门铃响，我震动了一下，侧耳倾听，大门打开后，楚濂的摩托车就喧嚣地直驶了进来。楚濂，他是来帮我补习功课，还是来看绿萍？我坐着不动，我的房门合着，使我无法听到客厅里的声音。但是，我知道绿萍正坐在客厅里，为了我的"补习"，她换过三套衣服。我把手表摘下来，放在我的英文文法上面，我瞪视着那分针的移动，五分、十分、十五分、二十分、二十五分、三十分，时间过得多慢呀，足足四十五分钟以后，终于有脚步声奔上楼梯，接着，那"咚咚咚"的敲门声就夸张地响了起来，每一声都震动了我的神经。

"进来吧！"我嚷着。

门开了，楚濂跑了进来。关上门，他一直冲到我的身边，对着我嘻嘻笑。

"哈，紫菱，真的在用功呀。"

我慢吞吞地把手表戴回手腕上，瞪视着他那张焕发着光彩的脸庞，和那对流转着喜悦的眼睛。楼下的四十五分钟，已足以使这张脸孔发光了，不是吗？我用手托住下巴，懒洋洋地问：

"你怎么知道我在用功？"

"你不是在看英文文法书吗？"他问，拖过一张椅子，在我书桌边坐了下来。

"人总是从表面看一件事情的，是不是？"我问，眯起眼睛来凝视他，"英文文法书摊在桌上，就代表我在用功，对不对？"

他注视我，那么锐利的一对眼睛，我觉得他在设法"穿透"我！

"紫菱，"楚濂静静地说，"你为什么事情不高兴？"

"你怎么知道我不高兴？"我反问，带着一股挑衅的意味。

他再仔细地看了我一会儿。

"别傻了，紫菱，"他用手指在我鼻尖上轻点了一下，"我们从小一块儿长大的，还不够了解吗？你的喜怒哀乐永远是挂在脸上的！"

"哼！"我扬扬眉毛，"你了解我？"

"相当了解。"他点着头。

"所以你认为我一直在用功？"

他把身子往后仰，靠进椅子里。拿起桌上的一支铅笔，他用笔端轻敲着嘴唇，深思地注视着我。天哪，我真希望他不要用那种神情看我，否则，我将无法遁形了。

"显然，你不在看书了？"他说，"那么，你在干什么呢？望着你的珠帘做梦吗？"

我一震。

"可能。"我说。

"梦里有我吗？"他问，斜睨着我，又开始咧着嘴，微笑了起来。

可恶！

"有你。"我说，"你变成了一只癞蛤蟆，在池塘中，围着一片绿色的浮萍又跳又叫，呱呱呱的，又难听，又难看！"

"是吗？"他的笑意更深了。

"是。"我一本正经。

他猛地用铅笔在我手上重重地敲了一下，收起了笑容，他紧盯着我的眼睛说：

"如果你梦里有我，我应该是只青蛙，而不是癞蛤蟆。"

"老实说，我不认为青蛙和癞蛤蟆有多大区别。"

"你错了，癞蛤蟆就是癞蛤蟆，青蛙却是王子变的。"

"哈！"我怪叫，"你可真不害臊呵！你是青蛙王子，那位公主在哪儿？"

"你心里有数。"他又笑了。

是的，我心里有数，那公主正坐在楼下的客厅里。青蛙王子和绿色的浮萍！我甩了甩头，我必定要甩掉什么东西。我的弹珠早已失落，我的童年也早已失落，而失去的东西是不会再回来的。我深吸了口气，或许我根本没失落什么，因为我根本没有得到过。

他重重地咳了一声，我惊愕地抬眼看他。

"你相当地心不在焉呵！"他说，俯近了我，审视着我，"好了，告诉我吧，你到底在烦恼些什么？"

我凝视着他，室内有片刻的沉静。

"楚濂！"终于，我叫。

"嗯？"

"我一定要考大学吗？"我问。

"我从来没有这样认为过。"他不假思索地说。

"你不认为念大学是我的必经之路吗？"

他不再开玩笑了，他深思地望着我，那面容是诚恳、严肃而真挚的。他慢慢地摇了摇头。

"只有你母亲认为你必须念大学，事实上，你爱音乐，你爱文学，这些，你不进大学一样可以学的，说不定还缩短了你的学习路程。可是，我们很难让父母了解这些，是不是？你的大学，就像我的留学一样。"

"你的留学？"

"我母亲认为我该去美国，可是，为什么？我觉得这只是我们父母的虚荣心而已，他们以为有个儿子留学美国就足以夸耀邻里，殊不知我们的留学生在外面洗盘子，卖劳力，看洋人的脸色生活，假若我们的父母都看到他们子女在美国过的生活，我不知道他们还能剩下多少的虚荣心！"

"那么，楚濂，你不想去美国吗？"

"我想的，紫菱。"他沉吟了一会儿，"不是现在，而是将来。当我赚够了钱，我要去美国玩，现在，我不愿去美国受罪。"

"那么，你是决定不去留学了？"

"是的，我已决定做个叛徒！"

"那么，"我抽口气，"你的思想和我母亲又不统一了，绿萍是要去美国的，如果你不去美国，你和绿萍的事怎么办呢？"

他怔了怔，深深地望着我。

"喂，小姑娘，"他的声音里带着浓重的鼻音，"你别为我和你的姐姐操心，好吗？"

"那么，"我继续问，"你和绿萍是已经胸有成竹了？你们'已经'讨论过了？"

"天哪！"他叫，"紫菱，你还有多少个'那么'？"

"那么，"我再说，"请你帮我一个忙。"

"可以。"他点头。

我合拢了桌上的英文文法书。

"帮我做一个叛徒，"我说，"我不想再去考大学，也不想念大学。"

他对我端详片刻。

"你会使你的母亲失望。"他慢慢地说。

"你不是也使你的母亲失望吗？如果你不留学的话。我想，虽然母亲生下了我们，我们却不能因此而照着母亲定下的模子去发展、去生活，我们的后半生属于我们自己的，不是吗？"

他沉默着，然后，他叹了口气。

"这也是我常常想的问题，紫菱。"他说，"我们为谁而活着？为我们父母，还是为我们自己？可是，紫菱，你不能否认，父母代我们安排，是因为他们爱我们，他们以为这样是在帮助我们。"

"许多时候，爱之足以害之。"

他又凝视我，过了许久，他轻轻地说：

"紫菱，你不是个顽皮的小丫头了！"

"我仍然顽皮，"我坦白地说，"但是，顽皮并不妨碍我的思想，我告诉你，我每天坐在房里，一点儿也不空闲，我脑子里永远充斥着万马奔腾的思想，各种各样奇奇怪怪的思想，如果我说出来，可能没有任何一个人能够了解。我常觉得，我是有一点儿疯狂的。我把这些思想，笼笼统统地给了它一个称呼。"

"什么称呼？"他很有兴味地望着我。

"一帘幽梦。"我低声说。

"一帘幽梦？"

"是的，你看这珠帘，绿萍不懂我为什么用珠子做帘子，她不能了解每颗珠子里有我的一个梦，这整个帘子，是我的一帘幽梦。"我摇头，"没有人能了解的！"

他盯着我，他的眼睛闪亮。

"讲给我听，试试我的领悟力。"

讲给他听？试试他的领悟力？我眯起眼睛看他，再张大眼睛看他，那浓眉，那漂亮的黑眼睛！楚濂，楚濂，我那儿时的游伴！我轻叹一声。

"我不能讲，楚濂。但是，你可以想。这是可意会而不可言传的！"

"好一个可意会而不可言传！"他说着，放下铅笔，他把他的手压在我的手上，"我答应你，紫菱，我要帮你做一个叛徒！"

"一言为定？"

"一言为定！"他握住了我的手，我们相对注视。

一声门响，我蓦然惊觉地把我的手抽了回来。跨进门的，是我那美丽的姐姐，带着一脸盈盈浅笑，她捧着一个托盘，里面是香味四溢的、刚做好的小点心，她径自走到桌边，把托盘放在桌上，笑着说：

"妈妈要我给你们送来的！楚濂，把她管严一点儿，别让她偷懒！"

楚濂看看我，满脸滑稽兮兮的表情。

"紫菱，"他说，"你未来到底打算做什么？"

"哦，我是个胸无大志的人，"我微笑地说，"我只想活得好，活得快乐，活得心安理得……"我停了一下，这几句话是谁说的？对了，那个宴会，那个奇异的费云帆！我甩甩头，继续说："我要写一点小文章，作几首小诗，学一点音乐……像弹吉他、电子琴这一类。然后，做一个平平凡凡的人。"

"啊呀，"绿萍轻声地叫，"你们这是在补习吗？"

"是的，"楚濂笑着说，"她在帮我补习。"

"楚濂！"绿萍不满意地喊，注视着他，"你在搞什么鬼？"

楚濂抬头看她，绿萍那黑蒙蒙的眸子正微笑地停驻在他的脸上，她那两排长长的黑睫毛半垂着，白皙的脸庞上是一片温柔的笑意。我注意到楚濂的脸色变了，青蛙王子见着了他的公主，立即露出了他的原形。他把一绺黑发甩向脑后，热心地说：

"紫菱不需要我给她补习……"

"当心妈妈生气！"绿萍立即接口。

"是我不要补习！"我没好气地叫。

绿萍的眼光始终停留在楚濂的脸上。

"好吧！"她终于说，根本没看我，"既然你们今天不补习，蜷在这小房间里干什么？我们下楼吧，去听听唱片去！"她拉住了楚濂的手腕，"走呀，楚濂！"

楚濂被催眠般站起身来。他没忘记对我礼貌地说了一句：

"你也来吧！紫菱！"

"不。"我很快地说，"我还有些事要做！"

他们走出了屋子，他们关上了房门，他们走下了楼梯。我呆呆地坐

着，望着我的珠帘……我不知道坐了多久，窗外月明星稀，窗外一灯荧
然，我抽出一张白纸，茫然地写下一首小诗：

"我有一帘幽梦，

不知与谁能共？

多少秘密在其中，

欲诉无人能懂！

窗外更深露重，

窗内闲愁难送，

多少心事寄无从，

化作一帘幽梦！

昨宵雨疏风动，

今夜落花成冢，

春去春来俱无踪，

徒留一帘幽梦！

谁能解我情衷？

谁将柔情深种？

若能相知又相逢，

共此一帘幽梦！"

写完了，我抛下了笔，对着那珠帘长长地叹了口气，突然觉得累了。

一
帘
幽
梦

肆

FOUR

有一个女孩名叫"失意"，她心中有无数秘密，只因为这世上难逢知己，她就必

须寻寻又觅觅！

一清早，家里就有着风暴的气息。

我不用问，也知道问题出在我的身上。楚濂昨晚一定已经先和爸爸妈妈谈过了。母亲的脸色比铅还凝重，绿萍保持她一贯的沉默，而不住用困惑的眸子望着我，仿佛我是个怪物或是本难解的书。只有父亲，他始终在微笑着，在故意说笑话，想放松早餐桌上那沉重的空气。但是，我看得出来，他也在忍耐着，等待一个"好时机"来开始对我"晓以大义"。

这种空气对我是带着压迫性的，是令人窒息而难耐的，因此，当绿萍去上班以后，我立即采取了最简单的办法，来逃避我即将面对的"训话"。我谎称一个好同学今天过生日，我必须去庆贺，就一脚溜出了大门，把母亲留在家里瞪眼睛。无论如何，我不愿意一清早就面临一场战斗，我想，我需要好好地运用思想，同时，也给母亲一个时间，让她也好好地想一想。

我在外游荡了一整天，沿着街边散步，数着人行道上的红砖，研究商店橱窗中的物品，和街头仕女们的时装。我在小摊上吃担担面，在圆环吃鱼丸汤，在小美吃红豆刨冰，又在电影院门口买了包烤鱿鱼。然后，我看了一场拳打脚踢、飞檐走壁，又流血，又流汗的电影，再摆脱了两个小太保的跟踪……下午五时整，我既累又乏，四肢无力，于是，我结束了我的"流浪"，无可奈何地回到家里。按门铃那一刹那，我告诉自己说：

"该来的事总是逃不掉的，你，汪紫菱，面对属于你的现实吧！"

阿秀来给我开大门，她在我家已经做了五年事，是我的心腹，而深得我心。开门后，她立即对我绽开了一脸的笑：

"家里有客人呢！二小姐。"

有客人？好消息！母亲总不好意思当着客人面来和我谈"大学问题"吧！在她，关于我的"落榜"，是颇有点"家丑不可外扬"的心理的。而我的"不肯上进"，就更是"难以见人"的私事了！我三步并作两步地穿过花园，一下子冲进客厅的玻璃门。才跨进客厅，我就愣了，所谓的"客人"，竟是父亲的老朋友费云舟，和他那个弟弟费云帆！他们正和父母很热心地在谈着话，我的出现显然使他们都吃了一惊。母亲首先发难，瞪着我就嚷：

"好哦！我们家的二小姐，你居然也知道回家！"

当母亲用这种口吻说话的时候，我就知道她无意于顾及"面子"了，也知道她准备和我立刻"开战"了。我站定在客厅中央，想不落痕迹地溜上楼已不可能，还不如干脆接受"命运的裁判"。我对费云舟先点了个头，很习惯地叫了声：

"费叔叔！"

然后，我转过头来看着费云帆，他正微笑地看着我，眼睛一眨也不眨地停在我脸上，我咬着嘴唇，愣着。

"怎么？"费云帆开了口，"不记得我了？那天在你家的宴会上，我似乎和你谈过不少的话，我不相信你会这么健忘！"

我摇摇头。

"不，"我说，"我没有忘记你！更没有忘记你的吉他！我只是在考虑，我应该怎么称呼你？"

"怎么称呼？"父亲在一边说，"你也该叫一声费叔叔！"

"两个费叔叔怎么弄得清楚？"我说，"如果叫大费叔叔和小费叔叔，你们的姓又姓得太不好！"

"我们的姓怎么姓得不好了？"费云帆笑着问，我发现他有对很慧黠而动人的眼睛。

"你瞧，小费叔叔，好像人家该给你小费似的，假若你拿着吉他，在街边表演，靠小费生活，这称呼倒还合适。现在，你又衣冠楚楚，蛮绅士派头的，实在不像个街头卖艺的流浪汉！"

费云帆大笑了起来，父亲对我瞪着眼，笑骂着：

"紫菱，你越大越没样子了！"

费云帆对父亲做了个阻止的手势，望着我，笑得很开心。

"别骂她！"他说，"你这位二小姐对我说过更没样子的话呢！这样吧，"他抬抬眉毛，"我允许你叫我的名字，好吧？"

"费云帆？"我问。

他含笑点头，眼睛闪亮。

"对了！"他说，"很谢谢你，居然没忘记我的名字！"

"这怎么行？哪有小辈对长辈称名道姓的……"父亲不满地说。

"别那么认真，好吧？"费云帆对父亲说，"我刚从欧洲回来，你骂我洋派也好，人家儿子叫爸爸还叫名字呢！我觉得人与人之间的辈分是很难划分的，中国人在许多地方，太讲究礼貌，礼貌得过分，就几近于虚伪！人之相交，坦白与真诚比什么都重要，称呼，算得了什么呢？"

"好吧，"费云舟插嘴说，"二丫头，你高兴怎么叫他就怎么叫他吧！反正，云帆生来是个反传统的人！"

"也不尽然，"费云帆对他哥哥说，"你这样讲太武断，我并不是反传统，传统有好有坏，好的传统我们应该维持，坏的传统我们大可改良或推翻。人，总是在不断地变，不断地革新的！这才叫进步。"

"说得好！"父亲由衷地赞许，"紫菱，你就去对他称名道姓吧！"

"好，"我兴高采烈地说，故意叫了一声，"费云帆！"

"是！"他应得流利。

我笑了，他也笑了。母亲走了过来。

"好了，紫菱，"她不耐地蹙着眉，"你好像还很得意呢！现在，你已经见过了两位费叔叔，别在这儿打扰爸爸谈正事，你跟我上楼去，我有话要和你谈！"

完了！母亲，母亲，她是绝不肯甘休的！我扫了室内一眼，我的眼光和费云帆接触了，反传统的费云帆！"你不需要考大学，你只需要活得好，活得快乐，活得心安理得！"我心中闪过他说的话，我相信我已露出"求救"的眼光。反传统的费云帆！我再看看母亲，然后，我慢慢地在沙发里坐了下来。

"妈！你要谈的话我都知道！"我说，"我们就在客厅里谈，好吗？"

"怎么？"母亲的眉头蹙得更紧了，"你居然要在大家面前讨论……"

"妈！"我打断了她，"人人都知道我没考上大学，这已经不是秘密，我知道你觉得丢脸，我对这事也很抱歉，可是，事情已经这样了……"

"啊呀，紫菱！"母亲瞪大眼睛，"你不是对我抱歉不抱歉的问题，这关系你的前途和未来！过去的事我也原谅你了，我也不想再追究。现在，我们要研究的是你今后的问题！我不懂，为什么我请了楚濂来给你补习，你不愿意？假若你嫌楚濂不好，我再给你请别的家庭教师，或者给你缴学费，到补习班去补习……"

"妈妈！"我忍耐地喊，"听我说一句话好吗？"

母亲瞪着我。

"我没有不满意楚濂，"我安安静静地说，"问题是我根本不想考大学，我也不要念大学！"

"又来了！"母亲翻翻白眼，望着父亲，"展鹏，这也是你的女儿，你来跟她说个明白吧！"

我站起身子，重重地一甩头。

"不要说什么，爸爸！"我喊，语气严肃而坚决，"这些年来，都是你们对我说这个，对我说那个，我觉得，现在需要说个明白的不是你们，而是我！我想，我必须彻底表明我的立场和看法，这就是——"我一个字一个字地说，"我不要念大学！"

室内沉静了好一会儿，每个人都注视着我，父亲的眼色是严肃而深沉的，母亲却在一边重重地喘着气。

"好吧，"父亲终于开了口，"那么，你要做什么？你说说看！"

"游荡。"我轻声说。

父亲惊跳了起来，他的脸色发青。

"不要因为我平常放纵你，你就不知天高地厚了！"他紧盯着我说，"你要游荡？这算什么意思？"

"别误会这两个字，"我说，直视着父亲，"你知道我今天做了些什么？我游荡了一整天。数人行道上的红砖，看街上来来往往的人群。可是，我的脑子并没有停顿，我一直在思想，一直在观察。我不知道我的未来会怎么样，因为我发现我本来就是个平凡的人。爸爸，你不要勉强一个平凡的儿女去成龙成凤。我今天在街上看到成百上千的人，他们里面有几个是龙是凤呢？就拿这屋子里的人来说吧，爸爸，你受过高等教育，学的是哲学，但是，你现在是个平凡的商人。妈妈也念了大学，学的是经济，但是，她也只是个典型的妻子和母亲。至于费叔叔，我知道你是学历史的，却和爸爸一样去做进出口贸易了。费云帆，"我望着他，"不，只有你，我不知道你学什么、做什么，唯一知道的，是你也不见得是龙或凤！"

"好极了！"费云帆的眼睛在笑，眉毛在笑，嘴巴也在笑，"我从没听过这样深刻而真实的批评！"

"天哪！"母亲直翻白眼，直叹气，"这丫头根本疯了！展鹏，你还由着她说呢，再让她说下去，她更不知道说些什么疯话来。没大没小，没上没下，她把父母和亲友们全体否决了！"

"妈妈，"我低叹一声，"你根本不了解我的意思！"

"我不了解，我是不了解，"母亲爆发地叫，"我生了你这样的女儿算倒了霉！我从没有了解过你，从你三岁起，我就知道你是个刁钻古怪的怪物了！"

"不要叫，"父亲阻止了母亲，他的眼光始终没有离开过我，"紫菱，这就是你游荡了一整天得到的结论吗？""是的。"我说。

"你认为你以后……"

"我认为我以后会和你们一样，不论念大学也好，不念大学也好，我会是个平凡的人。可能结婚，生儿育女，成为一个妻子和母亲，如此而已！"

"结婚！"母亲又叫，"谁会要你？"

"妈妈，"我悲哀地说，"念大学的目的不是找丈夫呀，如果没人要我，我就是读了硕士博士，也不会有人要我的！几个男人娶太太是娶学位的呢？"

"你有理，"母亲继续叫，"你都有理！你从小就有数不尽的歪理！"

"舜涓，"父亲再度阻止了母亲，"你先不要嚷吧！"他转头向我，他的眼底有一层淡淡的悲哀和深深的感触。"女儿，"他哑声说，"我想我能懂得了你！无论如何，你说服了我。"他走近我，用手揉揉我的短发，他的眼光直望着我，"别自以为平凡，紫菱，或许，你是我们家最不平凡的一个！"

"好呀！"母亲嚷着，"你又顺着她了！她总有办法说服！你这个父亲……"

"舜涓，"父亲温柔地说，"儿孙自有儿孙福，你别操太多的心，好吗？"他再看我，"紫菱，我答应你，我不再勉强你考大学了！"

我望着父亲，在这一瞬间，我知道我们父女二人心灵相通，彼此了解，也彼此欣赏。我的血管里到底流着父亲的血液！一时间，我很感动，感动得想哭。我眨了一下眼睛，轻声说：

"谢谢你，爸。"

父亲再望了我一会儿。

"告诉我，孩子，"他亲切地说，"除了思想与观察之外，你目前还想做什么？"

人间没有不老的青春，

人生却有不老的爱情。

华语世界最具影响力作家

琼瑶作品
光影集锦

"我想学点东西，"我说，看看费云帆，他始终用一种若有所思的眼光望我，脸上带着个似笑非笑的表情，"首先，费云帆，"我望着他，"我一直记得你那天弹的吉他，你愿意教我吗？"

"非常愿意。"他很快地说。

"嘿，云帆，"费云舟说，"别答应得太爽快，你不是要回欧洲吗？"

费云帆耸了耸肩。

"我是个四海为家的人，"他满不在乎地说，"并没有什么事需要我去欧洲呀！"

"好，"我对费云帆说，"我们说定了，你一定要教我。"

"可以，但是，你先要买一个吉他。"他微笑地说，"等有时间的时候，我陪你去买，我不相信你懂得如何去挑选吉他。"

"你的一个愿望实现了，"父亲注视着我，"还有呢？"

"我想多看点书，写点东西。爸爸，你知不知道我最喜欢的两样东西是什么？音乐和文学！"

"是吗？"父亲深思着说，"我现在知道了，我想……我早就应该知道的。"

"总比根本不知道好！"我冲口而出，"许多父母，一生没有和儿女之间通过电！"

"啊呀，"母亲又叫了起来，"什么通电不通电，你给我的感觉简直是触电！偏偏还有你那个父亲，去纵容你、娇宠你！以后，难道你就这样混下去吗？"

"不是混，"我轻声说，"而是学，学很多的东西，甚至于去学如何生活！"

"生活！"母亲大叫，"生活也要学的吗？"

"是的，妈妈，"我走过去，拥住母亲，恳求地望着她，"试着了解我吧，妈妈！你让我去走自己的路，你让我去过自己的生活，好吗？目前，爸爸并不需要我工作，所以，我还有时间'游荡'，请让我放松一下自己，过过'游荡'的生活，好吗？妈妈，你已经有了一个绿萍，不用再把我塑造成第二个绿萍，假若我和绿萍一模一样，你等于只有一个女儿，现在，你有两个，不是更好吗？"

"天哪，"母亲烦恼地揉揉鼻子，"你把我弄昏了头！你到底在想些什么啊？"

"别管我想什么事，"我说，"只答应我，别再管我考大学的事！"

母亲困惑地看看我，又困惑地看看父亲。父亲一语不发，只是对她劝解地微笑着，于是，母亲重重地叹口气，懊恼地说：

"好了，我也不管了！反正女儿也不是我一个人的，随你去吧！好也罢，歹也罢，我总不能跟着你一辈子！自由发展，自由，自由，我真不知道自由会带给你些什么。"

谁知道呢？我也不知道。可是，我却知道我终于可以不考大学了。我抱住母亲，吻了吻她的面颊，由衷地说：

"谢谢你，好妈妈。"

"我可不是好妈妈，"母亲负气地说，"我甚至不了解自己的女儿！"

费云帆轻咳了一声，笑嘻嘻地走了过来。

"这并不稀奇，"他说，"人与人之间的了解谈何容易！"望着我，他笑得含蓄，"恭喜你，小'失意'！"

小"失意"？有一个女孩名叫"失意"，她心中有无数秘密，只因为这世上难逢知己，她就必须寻寻又觅觅！我笑了，居然有点儿羞涩。就在这时，我听到一阵熟悉的摩托车声，接着是门铃响，楚濂！我的心一跳，笑容一定很快地在我脸上消失，因为我看到费云帆困惑的表情，我顾不得费云帆了，我必须马上告诉楚濂！那和我并肩作战的反叛者！我要告诉他，我胜利了！我说服了我的父母！我一下子冲到玻璃门边，正好看到楚濂的摩托车驶进大门。顿时间，我僵住了！他不是一个人，在他的车后，环抱着他的腰坐着的，是我那美丽的姐姐！

车子停了，他们两个跳下车来，夕阳的余晖染在他们的身上、脸上，把他们全身都笼罩在金色的光华里，他们双双并立，好一对标致的人物！楚濂先冲进客厅，带着满脸爽朗的笑。

"汪伯伯，汪伯母，我把绿萍送回家来了，原来我上班的地方和她的只隔几步路，我就去接她了。以后，我可以常常去接她，但是，你们愿意留我吃晚饭吗？"

"当然哪！"我那亲爱的母亲立刻绽放了满脸的笑，"楚濂，你从小在我身边长大的，现在又来客气了？只要你来，总不会不给你东西吃的！"

绿萍慢慢地走了进来，她的长发被风吹乱了，脸颊被风吹红了，是风还是其他的因素，让她的脸焕发着如此的光彩！她的大眼睛明亮而清莹，望着费云舟兄弟，她礼貌地叫了两声叔叔。楚濂似乎到这时才发现家里有客，他四面望望，眼光在我身上轻飘飘地掠过，他笑嘻嘻地说：

"怎么，你们在开什么会议吗？"

我心中一阵抽搐，我忘了我要告诉他的话，我忘了一切，我只觉得胃里隐隐作痛，而头脑里混沌一片。我悄悄地溜到费云帆身边，低声地说：

"你说要带我去买吉他。"

"是的。"

"现在就去好吗？"

他注视了我几秒钟。

"好！我们去吧！"他很快地说，抬头望着父亲，"汪先生，我带你女儿买吉他去了！"

"什么？"母亲叫，"马上就要开饭了！"

"我会照顾她吃饭！"费云帆笑着说，"别等我们了！你女儿急着要学吉他呢！"

"怎么说风就是雨的？"母亲喊着，"云帆，你也跟着这疯丫头发疯吗？"

"人生难得几回疯，不疯又何待？"费云帆胡乱地喊了一声，拉住我，"走吧！疯丫头！"

我和他迅速地跑出了玻璃门，又冲出了大门，我甚至没有再看楚濂一眼。到了大门外边，费云帆打开了门外一辆红色小跑车的车门，说：

"上去吧！"

我愕然地看看那辆车子，愣愣地说：

"这是你的车吗？我不知道你有车子！"

"你对我不知道的事太多了。"他笑笑说，帮我关好车门。

我呆呆地坐着，想着楚濂，楚濂和我那美丽的姐姐。我的鼻子酸酸的，心头涩涩的，神志昏昏的。费云帆上了车，他没有立即发动车子，默默地望了我一会儿，他丢过来一条干净的手帕。

"擦擦你的眼睛！"他说。

我接过手帕，擦去睫毛上那不争气的泪珠。

"对不起，"我嗫嚅地说，"请原谅我。"

"不用说这种话，"他的声音好温柔好温柔，"我都了解。"

"我们是一起长大的，"我喃喃地解释，喉头带着一丝哽塞，"我从小就知道，他和绿萍是最合适的一对。绿萍，她那么美，那么优异，那么出色，事实上，我从没想过我要和她竞争什么。真的。"我不由自主地说着，自己也不知道为什么要说这些。

他把他的大手压在我的手上。

"不要再说了！"他粗声说，"我们买吉他去！我打赌在三个月内教会你！"他发动了汽车。

车子向前冲去，我仍然呆呆地坐着，望着前面的路面，想着楚濂和绿萍！是的，有一个女孩名叫"失意"，她心中有无数秘密，只因为这世上难逢知己，她就必须寻寻又觅觅……

费云帆转过头来看看我。他用一只手熟练地扶着方向盘，另一只手从口袋里掏出了香烟。

"喂，小姐，"他一本正经地说，"我可以抽支烟吗？"

我想起在阳台上的那个晚上，愣了愣，就突然忍不住笑了。我真不相信，这才是我和他第二次见面，我们似乎已经很熟很熟了。拿过他的香烟盒来，我抽出一支烟，塞进他嘴里，再代他打燃打火机。他燃着了烟，喷出一口浓浓的烟雾，透过烟雾，他望望我，含糊地说：

"笑吧，紫菱，你不知道你的笑有多美！"

一帘幽梦

伍

FIVE

"楚濂，你绝不会相信，我过了多么奇异的一个晚上！你绝不会相信！我认识了一个《天方夜谭》里的人物，他可以幻化成各种王子，你信吗？"

　　我和费云帆买了一个吉他，钱是他付的，他坚持要送我一样东西。他在乐器店试了很久的音，又弹了一曲美国的名歌，那吉他的声音淙淙，从他指端流泻出的音浪如水击石，如雨敲窗，说不出来有多动人。但是，他仍然摇摇头，不太满意地说：

　　"只能勉强用用，反正你是初学，将来我把我那把吉他带给你用，那个的声音才好呢！"

　　"我听起来每个吉他都差不多。"我老实地说。

　　"等你学会了就不同了，首先你就要学习分辨吉他的音色与音质。"

　　"你从什么地方学会的吉他？"我问。

　　他笑笑，没说话。

　　买完吉他，他开车带我到中山北路的一家餐厅里，我没注意那餐厅的名字，只注意到那餐厅的设计，那餐厅像一条船，缆绳、渔网和油灯把它布置得如诗如梦，墙是用粗大的原木钉成的，上面插着火炬，挂着铁锚，充满了某种原始的、野性的气息。而在原始与野性以外，由于那柔和的灯光，那朦胧的气氛，和唱机中播的一支《雨点正打在我头上》[1]

---

　　[1]《雨点正打在我头上》：《雨点不断打在我头上》，*Raindrops keep falling on my head*，是1969 年电影《虎豹小霸王》*Butch Cassidy and the Sundance kid*，获得奥斯卡最佳原创曲奖的一首歌。演唱者比·杰·托马斯（B.J.Thomas）。

的英文歌，把那餐厅的空气渲染得像个梦境。我四面环顾，忍不住深抽了一口气，说：

"我从不知道台北有这样的餐厅。"

"这家是新开的。"他笑笑说。

有个经理模样的人，走来对费云帆低语了几句什么，就退开了。然后，侍者走了过来，恭敬而熟稔地和费云帆打招呼，显然，他是这儿的常客。费云帆看看我：

"愿意尝试喝一点酒吗？为了庆祝你的胜利。"

"我的胜利？"我迷惑地问，心里仍然摆脱不开楚濂和绿萍的影子，这句话对我像是一个讽刺。

"瞧！你不是刚获得不考大学的权利吗？"

真的。我微笑了，他对侍者低声吩咐了几句，然后，又看着我：

"这儿是西餐，吃得来吗？"

我点头。

"要吃什么？"我点了一客"黑胡椒牛排"，他点了鱼和沙拉。侍者走开了。我不住地东张西望，费云帆只是若有所思地看着我，半晌，他才问：

"喜欢这儿吗？"

"是的，"我直视他，"你一定常来。"

他点点头，笑笑，轻描淡写地说：

"因为我是这儿的老板。"

我惊跳，瞪着他。

"怎的？"他笑着问，"很稀奇吗？"

我难以置信地睁大了眼睛，他对我微笑，耸了耸肩：

"像你说的，我不是龙，也不是凤，我只是个平凡的商人。"

"我——我真不相信，"我讷讷地说，"我以为——你是刚从欧洲回来的。"

"我确实刚从欧洲回来，就为了这家餐馆，"他说，"我在罗马也有一家餐厅，在旧金山还有一间。"

"噢，"我重新打量他，像看一个怪物，"我真没有办法把你和餐厅联想在一起。"

"这破坏了你对我的估价吗？"他锐利地望着我。

我在他的眼光下无法遁形，我也不想遁形。

"是的，"我老实说，"我一直以为你是个艺术家，或音乐家。"

他又微笑了。

"艺术家和音乐家就比餐馆老板来得清高吗？"他问，盯着我。

"我——"我困惑地说，"我不知道。"

"你不知道，但是，你确实以为如此。"他点穿了我。靠进椅子里，燃起了一支烟，他的脸在烟雾下显得模糊，但那对眼光却依然清亮。"等你再长大一点，等你再经过一段人生，你就会发现，一个艺术家的价值与一个餐馆老板的价值并没有多大的分别。艺术家在卖画的时候，他也只是个商人而已。人的清高与否，不在于他的职业，而在于他的思想和情操。"

我瞪视着他，相当眩惑。他再对我笑笑，说：

"酒来了。"

侍者推了一个车子过来，像电影中常见的一样，一个装满冰块的木桶里，放着一个精致的酒瓶，两个高脚的玻璃杯被安置在我们面前，侍者拿起瓶子，那夸张的开瓶声和那涌出瓶口的泡沫使我惊愕，我望着费云帆，愕然地问：

"这是什么？香槟吗？"

"是的，"他依然微笑着，"为了庆祝你的自由。"

酒杯注满了，侍者退开了。

"我从没喝过酒。"我坦白地说。

"放心，"他笑吟吟的，"香槟不会使你醉倒，这和汽水差不了多少。"他对我举了举杯子，"来，祝福你！"

我端起杯子。

"祝福我什么？"我故意刁难，"别忘了我的名字叫'失意'。"

"人生没有失意，哪有得意？"他说，眼光深邃，"让我祝福你永远快乐吧，要知道，人生什么都是假的，只有快乐才是最珍贵的。"

"连金钱都是假的吗？"我又刁难。

"当金钱买到快乐的时候，它的价值就发挥了。"

"你的金钱买到过快乐吗？"

"有时是的。"

"什么时候？"

"例如现在。"

我皱眉。他很快地说：

"不要太敏感，小姑娘。我的意思是说，你想要找个清净的地方谈谈话，喝一杯好酒，享受片刻的闲暇，这些，你都需要金钱来买。"

我似懂非懂，只能皱眉，他粲然一笑，说：

"别为这些理论伤脑筋吧，你还太小，将来你会懂的。现在，喝酒吧，好吗？"

我举起杯子，大大地喝了一口，差点呛住了，酒味酸酸的，我舔了舔嘴唇。

"说实话，这并不太好喝。"

他又笑了，放下杯子，抽了一口烟。

"等你喝习惯了，你会喜欢的。"

我看着他。

"你又抽烟又喝酒的吗？"

"是的，"他扬了扬眉毛，"我有很多坏习惯。"

"你太太能忍受这些坏习惯吗？"

他震动了一下，一截烟灰落了下来。

"谁和你谈过我太太？"他问。

"没有人。"

"那么，你怎么知道我有太太？"

"一个三十八岁的男人，有很好的事业基础，有很多的钱，你该是女人心目中的偶像，我不相信像你这样的男人会没结过婚。"

他沉默了。凝视着我，他有很长的一段时间没有说话，只是不住地喷着烟雾，那烟雾把他的脸笼罩着，使他看来神秘而莫测。在他的沉默下，我不知道该说些什么好，于是，我就一口又一口地喝着那香槟。他忽然振作了一下，坐正身子，他灭掉了烟蒂，他的眼光又显得神采奕奕起来。

"嘿，"他说，"别把那香槟当冷开水喝，它一样会喝醉人的。"

"你刚刚才说它不会让人醉的。"

"我可不知道你要这样喝法！"他说，"我看，我还是给你叫瓶可口可乐吧！"

我笑了。

"不要，你只要多说点话就好。"

"说什么？"他瞪着我，"你很会揭人的伤疤呢！"

"伤疤？"我一愣，"我根本不知道你的伤疤在什么地方，如何揭法？"

他啜了一口酒，眼光深沉而含蓄。

"知道我学什么的吗？"

"不知道，我对你什么都不知道。"

"我毕业于成大建筑系。"他慢吞吞地说，"毕业之后，我去了美国，转攻室内设计，四年后，我成为一个小有名气的室内设计师。"他抬头看看四周，"这餐馆就是我自己设计的，喜欢吗？"

一口酒哽在我喉咙里，惊奇使我睁大了眼睛。他笑了笑，转动着手里的杯子。

"在美国，我专门设计橱窗、咖啡馆和餐馆，我赚了不少钱。"他继续说，"有一天，我突然对股票产生了兴趣，我心血来潮地买了一万股股票，那是一家新的石油公司，他们在沙漠里探测石油。这股票在一年后就成了废纸，因为那家公司始终没有开采到石油。我继续干我的室内设计，几乎已把那股票忘记了，可是，有一天，出人意料，那沙漠竟冒出石油来了！我的股票在一夜间暴涨了几十倍，我骤然发现，我竟莫名其妙地成为一个富翁。"他顿了顿，"你听过这类的故事吗？"

"闻所未闻。"我呆呆地说。

"这是典型的、美国式的传奇。"他晃动着酒杯，眼光迷迷蒙蒙地注视着他手里的杯子，"正像你说的，一个年轻有钱的单身汉是很容易被婚姻捕捉的。三个月之后，我就结了婚。"

"哦，"我咽了一口酒，"她现在在什么地方？美国吗？还是欧洲？"

他看了我一眼。

"我不知道。"他说。

"你不知道？"我惊奇地问。

"她很美，很美，"他说，"是任何男人梦寐以求的那种美女，一个美国女孩子！"

"噢！"我惊叹，"是个美国人吗？"

"是的，一个西方的美女，无论长相和身材，都够得上好莱坞的标准。有一阵，我以为我已经上了天，幸福得像一个神仙一样了。但是，仅仅几个月，我的幻梦碎了，我发现我的妻子只有身体，而没有头脑，我不能和她谈话，不能让她了解我，不能——"他沉思，想着该用的字词，突然说，"你用的那两个字：通电！我和她之间没有电流。我的婚姻开始变成一种最深刻的痛苦，对我们双方都是折磨，这婚姻维持了两年，然后，我给了她一大笔钱，离婚了。"

侍者送来了汤，接着就是我的牛排和他的鱼，这打断了他的叙述，我铺好了餐巾，拿起刀叉，眼光却仍然停驻在他身上。他对我温和地笑笑，说：

"吃吧！凉了就不好吃了！"

我切着牛排，一面问：

"后来呢？"

"后来吗？"他想了想，"有一度我很消沉，很空虚，很无聊。我有钱，有事业，却不知道自己生活的目标是什么。于是，我去了欧洲。"他吃了一块鱼，望着我，"我有没有告诉你，我从念大学时就迷上了弹吉他？"

"没有，你没说过。"

"我很小就迷吉他，到美国后我迷合唱团，我一直没放弃学吉他。到欧洲后，在我的无聊和消沉下，我竟跑到一个二流的餐厅里去弹吉他，我是那乐队里的第一吉他手。"他笑着看我，"你信吗？"

"我已经开始觉得，"我张大眼睛说，"任何怪事发生在你身上都可能，因为你完全是个传奇人物。"

他微笑着，吃着他的鱼和沙拉。

"你弹了多久的吉他？"我忍不住问。

"我在欧洲各处旅行，"他说，"在每个餐厅里弹吉他，这样，我对餐厅又产生了兴趣。"

"于是，"我接口说，"你就开起餐厅来了，在欧洲开，在美国开，你的餐厅又相当赚钱，你的财富越来越多，你就动了回来投资的念头，这样，你就回来了，开了这家餐馆！"

"你说得很对，"他笑着说，"可是，你吃得很少，怎么，这牛排不合胃口吗？"

"这是我生平第一次吃什么黑胡椒牛排，"我喃喃地说，"我点它，只因为想表示对西餐内行而已。我可不知道它是这么辣的！"

我的坦白使他发笑。

"给你另外叫点什么？"他问。

"不要。"我又喝了一口香槟，"我现在有点腾云驾雾的，吃不下任何东西。这香槟比汽水强不了多少，嗯？我已经越喝越习惯了。"

他伸过手来，想从我手中取走杯了。

"你喝了太多的香槟，"他说，"你已经醉了。"

"没有。"我猛烈地摇头，抓紧我的杯子，"再告诉我你的故事。"

"我的故事你都知道了，还有什么呢？"

"有，一定有很多，你是《天方夜谭》里的人物，故事是层出不穷的，你说吧，我爱听！"

于是，他又说了，他说了很多很多，欧洲的见闻，西方的美女，他的一些奇遇、艳遇……我一直倾听着，一直喝着那"和汽水差不多"的香槟，我的头越来越昏沉，我的视觉越来越模糊，我只记得我一直笑，一直笑个不停，最后，夜似乎很深了，他把我拉出了那家餐厅，我靠在他身上，还在笑，不知什么事那么好笑。他把我塞进了汽车，我坐在车上，随着车子的颠簸，我不知怎的，开始背起诗来了，我一定背了各种各样的诗，因为，当汽车停在我家门口的时候，我正在反复念着我自己写的那首《一帘幽梦》：

"我有一帘幽梦，

不知与谁能共？

多少秘密在其中，

欲诉无人能懂！

……"

我被拉下车子，我又被东歪西倒地拖进客厅，我还在笑，在喃喃地背诵我的《一帘幽梦》。直到站在客厅里，陡地发现楚濂居然还没走，还坐在沙发中。而我那亲爱的母亲，又大惊小怪地发出一声惊呼：

"哎呀，紫菱！你怎么了？"

我的酒似乎醒了一半。

我听到费云帆的声音，在歉然地解释：

"我真不知道她完全不会喝酒……"

"喝酒？"母亲的声音尖锐而刺耳，"云帆，你知道她才几岁？你以为她是你交往的那些女人吗？"

我摇摇晃晃地站着，我看到楚濂从沙发上站了起来，他瞪视着我，脸孔雪白，我对他笑着问：

"楚濂，你现在是青蛙，还是王子？你的公主呢？"

我到处寻找，于是，我看到绿萍带着满脸的惊慌与不解，坐在沙发里瞪视着我，我用手摸摸脸，笑嘻嘻地望着她，问：

"我是多了一个鼻子还是少了一个眼睛，你为什么这样怪怪地看我？"

"啊呀，"绿萍喃喃地说，"她疯了！"

是的，我疯了！人生难得几回疯，不疯更何待？我摇摇摆摆地走向楚濂，大声地说：

"楚濂，你绝不会相信，我过了多么奇异的一个晚上！你绝不会相信！我认识了一个《天方夜谭》里的人物，他可以幻化成各种王子，你信吗？"

那大概是我那晚说的最后一句清楚的话，因为我接着就倒进了沙发里，几乎是立刻就睡着了。

一帘幽梦

陆

SIX

人类的心灵里，能容纳多少的喜悦、狂欢与幸福呢？我不知道。但是，这一刻，

我知道我拥抱着整个的世界，一个美丽的、五彩缤纷的世界。

我一觉睡到中午才醒来。

我发现我躺在自己的卧室里，室内的光线很暗，窗外在下着雨，雨点打在玻璃窗上，发出叮叮咚咚的细碎的声响。我的头脑仍然昏沉，昨晚的事在我脑子里几乎已无痕迹，直到我看见我书桌上的那把吉他时，我才想起那一切；吉他、餐馆、香槟和那个充满传奇性的费云帆！我在床上翻了一个身，懒洋洋的不想起床，拥被而卧，我听着雨声，听着风声，心里是一团朦朦胧胧的迷惘，有好一阵，我几乎没有思想，也没有意识，我的神志还在半睡眠的状态里。

开门的声音惊动了我，我转过头看着门口，进来的是母亲，她一直走向我的床边，俯身望着我。

"醒了吗，紫菱？"她问。

"是的，妈妈。"我说，忽然对昨晚的行为有了几丝歉意。

母亲在我的床沿上坐了下来，她用手抚平了我的枕头，眼光温和而又忧愁地注视着我。母亲这种眼光是我最不能忍受的，它使我充满了"犯了罪"而面临"赦免"的感觉。

"紫菱！"她温柔地叫。

"怎么，妈妈？"我小心翼翼地问。

"你知道你昨晚做了些什么吗？"

"我喝了酒，而且醉了。"我说。

母亲凝视我，低叹了一声。

"紫菱，这就是你所谓的'游荡'？"她担忧地问，"你才只有十九岁呢！"

"妈妈，"我蹙蹙眉，困难地解释，"昨晚的一切并非出于预谋，那是意外，我以为香槟是喝不醉人的，我也不知道会醉成那样子。妈妈，你放心，以后不会再发生这种事了！"

"你瞧，你深夜归家，又笑又唱，东倒西歪地靠在一个男人身上，你想想看，你会让楚濂怎么想？"

天哪！楚濂！我紧咬了一下牙。

"妈妈，你放心，楚濂不会在乎的，反正喝醉酒、深夜归家的是我而不是绿萍。"

"你就不怕别人认为我们家庭没有家教吗？"

"哦，妈妈！"我惊喊，"你以为我的'行为失检'会影响到楚濂和绿萍的感情吗？如果楚濂是这样浅薄的男孩子，他还值得绿萍去喜欢吗？而且，他会是这么现实、这么没有深度、这样经不起考验的男孩子吗？妈妈，你未免太小看楚濂了！"

"好，我们不谈楚濂好不好？"母亲有些烦躁地说，满脸的懊恼，她再抚平我的棉被，一脸欲言又止的神情。

"妈妈，"我注视着她，"你到底想说什么？"

母亲沉思了片刻，终于下定决心，抬起头来，正眼望着我，低声地说："那个费云帆，他并不是个名誉很好的男人！"

我怔了片刻，接着，我就爆发地大笑了起来。

"哦！妈妈！"我嚷着，"你以为我会和费云帆怎样吗？我连做梦也
没想到过这问题！"

母亲用手揉揉鼻子，困扰地说：

"我并不是说你会和他怎么样，"她蹙紧了眉头，"我只是要你防备
他。男人，都是不可靠的，尤其像费云帆那种男人。你不知道他的历
史，他是个暴发户，莫名其妙地发了财，娶过一个美国女人，又遗弃了
那个女人。在欧洲，在美国，他有数不尽的女友，即使在台湾，他也是
出了名的风流人物……"

"妈妈！"我从床上坐了起来，不耐地说，"我真不了解你们这些大人！"

"怎么？"母亲瞪着我。

"你们当着费云帆的面，捧他，赞美他。背后就批评他，说他坏话，
你们是一个虚伪的社会！"

"啊呀，"母亲嚷，"你居然批判起父母来了！"

"并不是所有的父母都不能批判的。"我说，"关于费云帆，我告诉
你，妈妈，不管你们如何看他，如何批评他，也不管他的名誉有多坏，
历史有多复杂，他却是个真真实实的男人！他不虚伪，他不作假，他有
他珍贵的一面！你们根本不了解他！"

母亲的眼睛瞪得更大。

"难道你就了解他了？"她问，"就凭昨天一个晚上？他到底和你说
了些什么鬼话？"

"不，妈妈，我也不见得了解他，"我说，"我只能断定，你们对他的
批评是不真实的。"我顿了顿，望着那满面忧愁的母亲，忽然说："啊呀，
妈妈，你到底在担心些什么？让我告诉你，费云帆只是我的小费叔叔，

你们不必对这件事大惊小怪，行了吗？"

"我——我只是要提醒你——"母亲吞吞吐吐地说。

"我懂了，"我睁大眼睛，"他是个色狼，是吗？"

"天哪！"母亲叫，"你怎么用这么两个不文雅的字？"

"因为你的意思确实是这样不文雅的！"我正色说，"好了，妈妈，我要问你一个问题，请你坦白答复我，我很漂亮吗？"

母亲迷惑了，她皱紧眉头，上上下下地看我。

"我不知道你是什么意思，"她嗫嚅着说，"在母亲心目里，女儿总是漂亮的。"

"那么，"我紧跟一句，"我比绿萍如何？"

母亲看来烦恼万状。

"你和绿萍不同，"她心烦意乱地说，"你们各有各的美丽！"

"哦，妈妈！"我微笑着，"你又虚伪了！不，我没绿萍美，你明知道的。所以，如果费云帆是色狼，他必定先转绿萍的念头，事实上，比绿萍美丽的女孩子也多得很，以费云帆的条件，他要怎样的女人，就可以得到怎样的女人，我在他心里，不过是个毛丫头而已。所以，妈妈，请你不要再乱操心好吗？"

"那么，"母亲似乎被我说服了，"你答应我，以后不再和他喝酒，也不再弄得那么晚回家！"

"我答应！"我郑重地说。

母亲笑了，如释重负。

"这样我就放心了！"她说，宠爱地摸摸我的面颊，"还不起床吗？已经要吃午饭了！"

我跳下了床。母亲退出了房间，我换上毛衣和长裤，天气好冷，冬天就这样不知不觉地来临了。我在室内乱蹦乱跳了一阵，想驱除一下身上的寒意。雨滴在玻璃窗上滑落，我走到窗边，用手指对那垂着的珠帘拂过去，珠子彼此撞击，发出一串响声。"我有一帘幽梦，不知与谁能共？"我不由自主地深深叹息。

午餐之后，我回到了屋里。既然已不需要考大学，我就不再要对范氏大代数、化学、生物等书本发愣。我在书橱上找了一下，这才发现我书本的贫乏，我竟然找不到什么可看的书。室内好安静，父亲去了公司，绿萍去上班了，母亲午睡了，整栋房子里只剩下一个字："静"。我坐在书桌前面，瞪视着窗上的珠帘，又不知不觉地陷入一种深深的沉思和梦境里去了。

我不知道我坐了多久，直到门铃突然响起，直到我所熟悉的那摩托车声冲进了花园。我惊跳，难道已经是下班时间了？难道楚濂已经接了绿萍回家了？我看看手表，不，才下午两点钟，不应该是下班时间哪！

有人跑上了楼，有人在敲我的房门，我走到门边，带着几分困惑，打开了房门。于是，我看到楚濂，头发上滴着水，夹克被雨淋湿了，手里捧着一个牛皮纸的包裹，站在那儿，满脸的雨珠，一身的狼狈相。

"哎哟，"我叫，"你淋着雨来的吗？"

"如果不是淋了雨，你以为我是去池塘里泡过吗？"他说，眼睛闪着光。

"你怎么这个时候跑来？"我又问，"你怎么不上班？"

"我今天休假！"他说，走进门来，用脚把房门踢上，"我带了点东西来给你！"他把牛皮纸包裹打开，走到我的床边，抖搂出一大摞的书本来。

"你还想当我的家庭教师吗?"我看也不看那些书,直视着他说,"我告诉你,爸和妈已经同意我不考大学了!所以,我不需要你给我补习了!"

"哼!"他哼了一声,望着我的眼光是怪异的,走过来,他握住我的手腕,握得相当重,几乎弄痛了我。他把我拉到床边去,用一种强迫的、略带恼怒的口吻说:"你最好看看我给你带了些什么书来!"

我低下头,于是,我惊异地发现,那并不是教科书或补充教材,那竟是一摞文学书籍和小说!一本《红与黑》、一部《凯旋门》、一本《湖滨散记》、一本《孤雁泪》、一本《小东西》,还有一套《宋六十名家词》和一本《白香词谱》。我愕然地抬起头来,愕然地看着他,愕然说:

"你——你怎么想到——去——去买这些书?"

"你不是想要这些书吗?"他盯着我问。

"是的,"我依然愣愣的,"但是,你——你怎么会知道?"

"如果我不知道你,我还能知道些什么?"他鲁莽地说,不知在和谁生气,"或许,我太多事,淋着雨去给你买这些书,假若你认为我多事,我也可以把这些书带走!"他冲向书本!

"哦,不!不!"我一下子拦在床前面,我的眼睛瞪得大大的,瞪着他。他站住了,也瞪着我。我看到雨水从他前额的一绺黑发上滴下来,他那张年轻漂亮的脸庞是苍白的,眼睛乌黑而闪亮。我脑中顿时浮起他昨晚看到我醉酒归来时的样子,那突然从沙发上惊跳起来的身影,那苍白的面庞……我的心脏抽紧了,我的肌肉莫名其妙地紧张了起来,我的身子颤抖而头脑昏乱。我瞪着他,一直瞪着他,楚濂,我那儿时的游伴！可能？那虚无缥缈的梦境会成为真实？楚濂，他望着我的眼神为何如此怪异？他的脸色为何如此苍白？他，楚濂，他不是我姐姐的爱人？他不是？我用舌头润了润嘴唇，我的喉咙干而涩。"楚濂，"我轻声说，"你为什么生气了？"

他死盯着我，他的眼睛里像冒着火。

"因为，"他咬牙切齿地说，"你是个忘恩负义，无心无肝，不解人事的笨丫头！"

我浑身颤抖。

"是吗？"我的声音可怜兮兮的。

"是的！"他哑声说，"你可恶到了极点！"

"为什么？"我的声音更可怜了。

"你真不懂吗？"他蹙起了眉，难以置信似的凝视着我，"你真的不懂吗？"

"我不懂。"我摇头，四肢冰冷，颤抖更剧。我相信血色一定离开了我的嘴唇和面颊，因为我的心脏跳动得那样急促。

他凝视了我好一会儿，他的嘴唇也毫无血色。

"从我十五岁起，"他一个字一个字地说，"我就在等着你长大。"

我的心狂跳，我的头发晕，我浑身颤抖而无力。我不相信我的耳朵，我怕自己会昏倒，我向后退，一直退到书桌边，把身子靠在书桌上，我站着，瞪视着他。我不敢开口说话，怕一开口就会发现所有的事都是幻觉，都是梦境。我紧咬着牙，沉默着。我的沉默显然使他惊惧，使他不安，他的脸色更加苍白，他注视着我的眼光越来越紧张，我想说话，但我无法开口，我只觉得窒息和慌乱。终于，他重重地一甩头，把水珠甩了我一身，他哑声说：

"算我没说过这些话，我早就该知道，我只是个自作多情的傻瓜！"

他转过身子，向门口冲去，我再也无法维持沉默，尖声地叫了一句：

"楚濂！"

他站住，蓦然回过身子，我们的眼光纠缠在一块儿了，一股热浪冲进了我的眼眶，模糊了我的视线，我只看到他瘦高的影子，像化石般定在那儿。我听到自己的声音，柔弱，无力，而凄凉：

"我一直以为，我没有办法和绿萍来争夺你！"

他对我冲来，迅速地，我发现我已经紧紧地投进了他的怀里，他有力的手臂缠住了我。我在他怀中颤抖、啜泣，像个小婴儿。他用手触摸我的面颊、头发，他的眼睛深深地望进我的眼睛深处，然后，他的头俯下来，灼热的嘴唇一下子就盖在我的唇上。

我晕眩，我昏沉，我轻飘飘的如同驾上了云雾，我在一个广漠的幻境中飘荡，眼前浮漾着各种色彩的云烟。我喘息，我乏力，我紧紧地贴着我面前的男人，用手死命地攀住了他。像个溺水的人攀着他的浮木似的。

终于，他慢慢地放松了我，他的手臂仍然环抱着我的颈项，我闭着眼睛，不敢睁开，怕梦境会消失，怕幻境会粉碎，我固执地紧闭着我的眼睛。

他的手指在我脸上摩挲，然后，一条手帕轻轻地从我面颊上拭过去，拭去了我的泪痕，他的声音喑哑地在我耳边响起：

"睁开眼睛来吧，看看我吧！紫菱！"

"不！"我固执地说，眼睛闭得更紧，"一睁开眼睛，你就会不见的，我知道。昨晚我喝了酒，现在是酒精在戏弄我，我不要睁开眼睛，否则，我看不到你，看到的只有窗子、珠帘和我的一帘幽梦。"

他痉挛而颤抖。

"傻瓜！"他叫，喉音哽塞，"我真的在这儿，真的在你面前，我正拥抱着你，你不觉得我手臂的力量吗？"他箍紧我，"现在，睁开你的眼睛吧！紫菱！看着我，好吗？"他低柔地、请求地低唤着："紫菱！紫菱？"

我悄悄地抬起睫毛，偷偷地从睫毛缝里凝视他。于是，我看到他那张不再苍白的脸，现在，那脸庞被热情涨红了，那眼睛晶亮而热烈，那润湿的、薄薄的嘴唇……我猝然迎过去，不害羞地再将我的嘴唇紧贴在他的唇上，紧贴着、紧贴着……我喘息，我浑身烧灼，我蓦然睁大了眼睛，瞪着他。与真实感同时而来的，是一阵莫名其妙的委屈和愤怒。我跺跺脚，挣脱了他的怀抱：

"我不来了！我不要再碰到你！楚濂，我要躲开你，躲得远远的！"

他愕然地怔了怔，问：

"怎么了，紫菱？"

我重重地跺脚，泪水又涌进了我的眼眶，不受控制地沿颊奔流，我退到墙角去，缩在那儿，颤声说：

"你欺侮我，楚濂，这么多年来，你一直让我相信你追求的是绿萍，你欺侮我！"我把身子缩得更紧，"我不要见你！你这个没良心的人！我不要见你！"

他跑过来，握住我的手腕，把我从墙角拖了出来。

"你用一用思想好不好？你认真地想一想，好不好？"他急切地说，

"我什么时候表示过我在追绿萍？我什么时候说过我在追她？"

"你去接她下班，你陪她聊天，你赞美她漂亮，你和她跳舞……"我一连串地说，"这还不算表示，什么才算是表示？"

"天哪！紫菱！"他嚷，"你公平一点吧！我们从小一块儿长大，我不可能完全不理她的，是不是？但是，我一直在你身上用了加倍的时间和精力，难道你竟然不觉得？我去接绿萍，只是要找借口来你家而已！你，"他瞪着我，重重地叹气，咬牙，说，"紫菱！你别昧着良心说话吧！"

"可是……"我低声地说，"这些年来，你什么都没对我表示过。"

"紫菱，"他忍耐地看我，"你想想看吧！并不是我没表示过，每次我才提了一个头，你就像条滑溜的小鱼一样滑开了，你把话题拉到你姐姐身上去，硬把我和她相提并论。于是，我只好叹着气告诉我自己，你如果不是太小，根本无法体会我的感情，你就是完全对我无动于衷。紫菱，"他凝视我，眼光深刻而热切，"我能怎样做呢？当我说：'紫菱，你的梦里有我吗？'你回答说：'有的，你是一只癞蛤蟆，围绕着绿萍打圈子。'当我把你拥在怀里跳舞，正满怀绮梦的时候，你会忽然把我甩给你姐姐！紫菱，老实告诉你，你常让我恨得牙痒痒的！现在，你居然说我没有表示过？你还要我怎样表示？别忘了，我还有一份男性的自尊，你要我怎样在你面前一而再，再而三地碰钉子呢？你说！紫菱，到底是我没表示过，还是你不给我任何机会？"他逼近我，"你说！你这个没心肝的丫头，你说！"

我望着他，然后，我骤然发出一声轻喊，就跳起来，重新投进他的怀里，把我的眼泪揉了他一身，我又哭又笑地嚷着说：

"我怎么知道？我怎能知道？绿萍比我强那么多，你怎会不追绿萍而要我？"

"因为你是活生生的，因为你有思想，因为你调皮、热情、爽朗而任性，噢！"他喊着，"但愿你能了解我有多爱你！但愿你明白我等了你多久！但愿你知道你曾经怎样折磨过我！"

"你难道没有折磨过我？"我胡乱地嚷着，"我曾经恨死你，恨死你！恨不得剥你的皮，抽你的筋……"

他用唇一下子堵住我的嘴。然后，他抬头看我。

"现在还恨我？"他温柔地问。

"恨。"

他再吻我。

"这一刻还恨我？"他又问。

我把头倚在他被雨水濡湿的肩上，轻声叹息。

"这一刻我无法恨任何东西了！"我低语，"因为我太幸福。"忽然间，我惊跳起来，"但是，绿萍……"

"请不要再提绿萍好吗？"他忍耐地说。

"但是，"我瞪视他，"绿萍以为你爱的是她，而且，她也爱你！"

他睁大了眼睛。

"别胡说吧！"他不安地说，"这是不可能的误会！"

"如果我有这种误会，她为什么会没有？"我问。

他困惑了，甩了甩头。

"我们最好把这事立刻弄清楚，"他说，"让我们今晚就公开这份感情！"

"不要！"我相信我的脸色又变白了，"请不要，楚濂，让我来试探绿

陆

075

萍，让我先和绿萍谈谈看。"我盯着他，"你总不愿意伤害她吧，楚濂？"

"我不愿伤害任何人。"他烦恼地说。

"那么，我们要保密，"我握紧他的手，"别告诉任何人，别表示出来，一直等到绿萍有归宿的时候。"

"天哪！"他叫，"这是不可能的事……"

"可能！"我固执地说，"你去找陶剑波，他爱绿萍爱得发疯，我们可以先撮合他们。"我注视他，"我不要让我的姐姐伤心，因为我知道什么是伤心的滋味。"

他用手抚摩我的头发，他的眼睛望进我的灵魂深处。

"紫菱，"他哑声说，"你是个善良的小东西！"他忽然拥紧我，把我的头紧压在他的胸前，他的心脏跳得剧烈而沉重，"紫菱，如果我曾经伤过你的心，原谅我吧，因为当你伤心的时候，也是我自我折磨的时候。"

"我已不再伤心了，"我微笑地说，"我将再也不知道什么叫伤心了！"我沉思片刻，"告诉我，楚濂，是什么因素促使你今天来对我表明心迹？既然你认为我根本没有长大，又根本对你无动于衷。"

他的胳膊变硬了，他的呼吸急促了起来。

"那个该死的费云帆！"他诅咒地说。

"什么？"我不解地问。

"他送吉他给你，他带你去餐厅，他给你喝香槟酒，如果我再不表示，恐怕你要投到他怀里去了！"

"啊呀！"我低叫，望着他衣服上的纽扣，不自觉地微笑了起来。"上帝保佑费云帆！"我低语。

"你在说些什么鬼话？"他问。

"我说,"我顿了顿,"谢谢费云帆,如果没有他,我还要等到什么时候去呢?"

他揽紧了我,我含泪微笑着,听着他的心跳,听着窗外的雨声。人类的心灵里,能容纳多少的喜悦、狂欢与幸福呢?我不知道。但是,这一刻,我知道我拥抱着整个的世界,一个美丽的、五彩缤纷的世界。

柒

SEVEN

谁知道爱情是这样的？谁知道爱情里糅合着疯狂，也糅合着痴傻？谁知道爱情里

有泪，有笑，有迫得人不能喘气的激情与喜悦？

人会在一日间改变的,你信吗?

生命会在一瞬间变得光辉灿烂,你信吗?

岁月会突然充满了喜悦与绚丽,你信吗?

总之,我变得那样活泼、快乐而生趣盎然。我把笑声抖落在整栋房子里,我唱歌,我蹦跳,我拥抱每一个人,父亲、母亲和绿萍。我的笑声把整个房子都弄得热闹了,我的喜悦充溢在每一个空间里,连"冬天"都被我赶到室外去了。除了楚濂,没有人知道这变化是怎么发生的,父亲只是微笑地望着我说:

"早知道不考大学具有如此大的魔力啊,上次都不该去考的!"

考大学?考大学早已是几百年前的事了!

费云帆开始教我弹吉他了。抱着吉他,我那样爱笑,那样心不在焉,那样容易瞪着窗子出神。于是,这天晚上,他把吉他从我手中拿开,望着我说:

"紫菱,你是真想学吉他吗?"

"当然真的。"我望着他一直笑,"发誓没有半分虚假。"

他注视了我好一会儿。

"好吧,"他说,"最近发生了些什么事?"

我的脸发热。

"没有呀！"我说。

"没有吗？"他轻哼了一声，"你骗得了别人，骗不了我。你的眼睛发亮，你的脸色发红，你又爱笑又爱皱眉。紫菱，看样子，你的名字不再叫'失意'了。"

失意吗？那是什么东西？一个名字吗？我曾认识过她吗？我笑着摇头，拼命摇头。

"不，"我说，"我不叫'失意'。"

"那么，"他盯着我，"你就该叫'得意'了？"

我大笑起来，抢过吉他，嚷着说：

"快教我弹吉他！不要和我胡扯！"

"这是胡扯吗？"他问，凝视着我的眼睛，"告诉我，那秘密是什么？"

我红着脸，垂着头，拨弄着我的吉他，一语不发。

他靠进了椅子里，燃起了一支烟，烟雾袅袅上升，缓缓地散布在空间里，他注视着我，烟雾下，他的眼光显得朦胧。但，那仍然是一对锐利的、深沉的眸子。锐利得可以看穿我的心灵深处，深沉得让我对他莫测高深。我悄悄地注视他，悄悄地微笑，悄悄地拨弄着吉他。于是，他忽然放弃了追问着我的问题，而说了句：

"记得你自己的'一帘幽梦'吗？"

"怎么不记得？"我说。想起醉酒那晚的背诵和失态，脸又发热了。

"我试着把它谱成了一支歌。"他说。

"是吗？"我惊叹着，"能唱给我听吗？"

"给我吉他。"他熄灭了烟蒂。

我把吉他递给了他，他接过去，试了试音，然后弹了一段起音，那

调子清新而悦耳，颇有点西洋民歌的意味。然后，他低低地和着吉他，
唱了起来：

> "我有一帘幽梦，
>
> 不知与谁能共？
>
> 多少秘密在其中，
>
> 欲诉无人能懂！
>
> 窗外更深露重，
>
> 窗内闲愁难送，
>
> 多少心事寄无从，
>
> 化作一帘幽梦！
>
> 昨宵雨疏风动，
>
> 今夜落花成冢，
>
> 春来春去俱无踪，
>
> 徒留一帘幽梦！
>
> 谁能解我情衷？
>
> 谁将柔情深种？
>
> 若能相知又相逢，
>
> 共此一帘幽梦！"

他唱完了，望着我，手指仍然在拨着琴弦，同一个调子，那美妙的
音浪从他指端不断地流泻出来，如水击石，如雨敲窗，如细碎的浪花
扑打着岩岸，琳琳然，琅琅然，说不出来地动人。我相当地眩惑，第一

次发现他除了弹吉他之外，还有一副十分好的歌喉。但，真正让我眩惑的，却是他能记得那歌词，而又能唱出那份感情。我托着下巴，愣愣地看着他，他微笑了一下，问：

"怎样？"

"我几乎不相信，"我说，"你怎记得那些句子？"

"人类的记忆力是很奇怪的。"他说，重新燃起了一支烟，"我想，"他重重地喷出一口烟雾，"你一定已经和那个'若能相知又相逢，共此一帘幽梦'的人碰头了，是吗？"

我惊跳了一下。

"你怎么知道？"我问。

他再重重地喷出一口烟雾。

"你这句问话等于是承认，"他说，静静地凝视了我一会儿，"是那个楚濂吗？"

"噢！"我低呼，咬了咬嘴唇，"你真是个怪人，什么事你都能知道！"

他难以觉察地微笑了一下，连续地喷着烟雾，又连续地吐着烟圈，他似乎在沉思着什么问题，有好长一段时间，他没有说话，然后，他突然振作了一下，坐正身子，他直视着我。

"已经公开了，还是秘密呢？"他问。

"是秘密，"我望着他，"你不许泄露啊！"

"为什么要保密？"

"你既然什么都知道，当然也能猜出为什么。"

他抬了抬眉毛。

"为了绿萍吗？"他再问。

我又惊叹。他望着手中的烟蒂，那烟蒂上的火光闪烁着，一缕青烟，慢腾腾地在室内旋绕。

"紫菱，"他低沉地说，"你们是走进一个典型的爱情游戏里去了。"

我再惊叹。

"那么，"我说，"你也认为绿萍在爱着楚濂吗？"

他看看我，又掉回眼光去看他的烟蒂。

"姐妹两个爱上同一个男人的故事很多，"他慢慢地说，"何况你们又是从小一块儿长大的！"

"哦！"我懊恼地低喊，"我最怕这种事情！她为什么不去爱陶剑波呢？陶剑波不是也很不错吗？干吗偏偏要爱上楚濂？"

"你又为什么不去爱别人呢？"他轻哼了一声，熄灭了烟蒂，"你干吗又偏偏要爱上楚濂呢？"他站起身来，似笑非笑地望着我，"好了，紫菱，我想你今天根本没心学吉他，我们改天再练习吧！"他顿了顿，凝视我，"总之，紫菱，我祝福你！能够有幸找到一个'共此一帘幽梦'的人并不多！"

"哦，"我站起来，"你能保密吗？"

"你以为我是广播电台吗？"他不太友善地问，接着，就警觉地微笑了起来，"哦，紫菱，你可以完全信任我，我不是一个多话的人！"

他走向门口，对我再深深地注视了一会儿。

"那个楚濂，"他打鼻子里说，"是个幸运儿呢！"

是吗？楚濂是幸运儿吗？我不知道。但是，当我们在一起的时候，喜悦却是无止境的。为了绿萍，我们变得不敢在家里见面了。尽管是冬天，我们却常常流连在山间野外。星期天，他用摩托车载着我，飞驰在郊外的公路上，我们会随意地找一个小山坡边，停下车来，跑进那不知名的小树林里，追逐，嬉戏，谈天，野餐。我那样快乐，我常把欢笑成串成串地抖落在树林中。于是，他会忽然捧住我的面颊，热情地喊：

"哦！紫菱，紫菱，我们为什么要保密？我真愿意对全世界喊一声：'我爱你！'"

"那么，喊吧！"我笑着说，"你现在就可以喊！"

于是，他站在密林深处，用手圈在嘴唇上，像个傻瓜般对着天空狂喊：

"我爱紫菱！我爱紫菱！我爱紫菱！"

我奔过去，抱着他的腰，笑得喘不过气来。

"你是个疯子！你是个傻瓜！你是个神经病！"我笑着嚷。

"为你疯，为你傻，为你变成神经病！"他说，猝然吻住了我的唇。

谁知道爱情是这样的？谁知道爱情里糅合着疯狂，也糅合着痴傻？谁知道爱情里有泪，有笑，有迫得人不能喘气的激情与喜悦？

冬季的夜，我们常漫步在台北街头的蒙蒙雨雾里，穿着雨衣，手挽着手，望着街上霓虹灯的彩色光芒，和街车那交织着投射在街道上的光线。我们会低声埋怨着被我们浪费了的时光，细诉着从童年起就彼此吸引的点点滴滴，我会不断地、反复地追问着：

"你从什么时候起爱我的？告诉我！"

他会微笑着，居然有些羞赧地回答：

"很早很早。"

"什么叫很早很早？有多早？"我固执地追问。

"当你还是一个小小孩的时候，当你梳着两条小辫子的时候，当你缠着我打弹珠的时候，当你噘着嘴对我撒泼地嚷'如果你不跟我玩，我马上就哭，我说哭就哭，你信不信？'的时候。哦，你一直是个难缠的小东西，一个又固执，又任性，又让人无可奈何的小东西，但是，你那么率真，那么热情，于是，我很小就发现，只有和你在一起的时候才有快乐，才能感到我是那样一个活生生的人！"

"但是，绿萍不是比我更好吗？"我又搬出我的老问题。

"绿萍吗？"他深思着，眼睛注视着脚下那被雨水洗亮了的街道，我俩的影子就浮漾在那雨水中，"哦，是的，绿萍是个好女孩，但是，过分的完美往往给人一种不真实感，她就从没给过我真实感。或许，就因为她太好了，美丽、整洁、不苟言笑。每年考第一名，直升高中，保送大学，她是'完美'的化身。童年时，我们每次在一块儿玩，我总担心会把她的衣服碰脏了，或者把她的皮肤弄破了。我可以和你在泥土里打滚，却不愿碰她一碰，她像个只能观赏的水晶玻璃娃娃。长大了，她给我的感觉仍然一样，只像个水晶玻璃的制品，完美、迷人，却不真实。""但是，你承认她是完美、迷人的？"我尖酸地问，一股醋意打心坎里直往外冒。

"是的，"他坦白地说，"我承认。"

"这证明你欣赏她，"我开始刁难，开始找麻烦，开始莫名其妙地生气，"或许，你根本潜意识里爱着的是她而不是我，只是，她太完美了，你觉得追她很困难，不如退而求其次，去追那个丑小鸭吧！于是，你就找上了我，对吗？"

他对我瞪大了眼睛。

"你在说些什么鬼话？"他没好气地问。

"我在说，"我加重了语气，"你爱的根本是绿萍，你只是怕追不上她……"

他捏紧了我的手臂，捏得那么重，痛得我咧嘴。他很快地打断我的话头：

"你讲不讲理？"他阴沉沉地问。

"当然讲理，"我执拗地说，"不但讲理，而且我很会推理，我就在根据你的话，推理给你听！"

"推理！"他嚷着，"你根本就无理！不但无理，你还相当会取闹呢！我告诉你，紫菱，我楚濂或许不是什么了不起的男人，但我在感情上是从不退缩的，如果你认为我是追不上绿萍而追你，那我就马上去追绿萍给你看！"

"你敢！"我触电般地嚷起来。

"那么，你干吗歪派我爱绿萍？你干吗胡说什么退而求其次的鬼话？"

"因为你承认她完美，迷人！"

"我也承认'蒙娜丽莎的微笑'完美而迷人，这是不是证明我潜意识里爱上了蒙娜丽莎？"他盯着我问。

"蒙娜丽莎是幅画，"我依然固执，"绿萍是个有血有肉的人，这怎能相提并论？"

"噢！"他烦恼地说，"我如何能让你明白？绿萍在我心里和一幅画并没有什么不同，你懂了吗？"

"不懂！"我甩甩头说，"反正你亲口说的，她又完美又迷人，你一定爱上她了！"

他站住了，紧盯着我的眼睛。

"既然我爱上了她，我为什么现在和你在一起呢？"他沉着嗓音问。

"那我怎么知道?"我翘起了嘴,仰头看天,"如果你不爱她,为什么全世界的人都以为你爱的是她?我妈妈爸爸都认为你爱她,你父母也都认为你爱她,连绿萍自己也认为你爱她。现在,你又承认她既完美又迷人,那么,你当然是爱她了!"

他站在那儿,好半天都没说话,我只听到他在沉重地呼吸。我无法继续仰望天空了,把眼光从雨雾深处掉回来,我接触到他冒着火的、恼怒的眸子。

"走!"他忽然说,拉住我的手就跑。

"到什么地方去?"我挣脱他,站定在街上。

"先去见你的父母和绿萍,然后去见我的父母,让我去当面对他们说个明明白白,把他们的那些见鬼的'认为'给纠正过来!"

"我不去!"我睁大了眼睛,生气地说,"你想干什么?让绿萍伤心吗?"

"如果她会伤心,我们迟早会让她伤心的,是不是?"他说,定定地望着我。

"假若她爱上了别人,她就不会伤心……"

"可是,紫菱,"他不耐地打断我,"现在不是她爱上谁的问题,是你不信任我的问题啊!你咬定我爱她,我怎样才能证明我不爱她,我只爱你呢?你要我怎样证明?你说吧!你给了我几百条戒条,不许在你家和你亲热,不许告诉任何人我爱你,不许这样,不许那样,可是,你却口口声声说我爱绿萍。紫菱,你讲道理吗?你讲吗?"

我哑口无言,天知道!爱情的世界里有什么道理可讲呢?吃醋,嫉妒,小心眼……似乎是与爱情与生俱来的同胞兄弟,我怎能摆脱它们呢？明知自己无理取闹，却倔强地不肯认错，于是，我只好又翘起嘴，仰头去看天空的雨雾了。

我的表情一定惹火了他，他许久都没有说话，我也固执地不开口。沉默在我们中间弥漫，那是令人窒息而难堪的。然后，他猝然间握住了我的手臂，高声大呼：

"我不爱绿萍！我爱紫菱！从过去，到现在，直至永恒，我发誓我今生今世只爱紫菱！我发誓！我发誓！我发誓！……"

我大惊失色，慌忙挽住他，急急地说：

"你发什么疯？这是在大街上呢！你瞧！你弄得全街上的人都在看我们了！"

"怎样呢？"他用一对炯炯然的眸子瞪着我，"我原来是要叫给全世界的人听，现在只有全街的人听到还不够，我还要叫呢！"

"哎呀，"我焦灼地拖着他走，"拜托拜托你，别再叫了好吗？"

"那么，你可相信我了？"他像生根般地站在那儿，动也不动，那亮晶晶的眼睛中闪烁着狡黠的光芒，"除非你已经相信我了，否则我还是要叫！"他张开嘴，作势欲呼。

"好了！好了！"我一迭连声地说，"我信你了！信你了！信你了！"

"真的？"他一本正经地问，"你确定不需要我喊给全世界听吗？"

"你——"我瞪着他，"实在有些疯狂！"

"知我者谓我心伤，不知我者谓我疯狂！"他喃喃地念着，像在背诗。

"你说什么？"我不解地问，真怀疑他得了精神分裂症或是初期痴呆症了。

"你想，"他好烦恼、好忧郁、好委屈似的说，"当你偷偷地爱上一个女孩子，爱了十几年，好不容易机会来了，你对她表示了你的痴情，她却咬定你爱的是另一个人。你会怎样？除了心伤以外，还能怎样？"

"唉！"我叹了一口长气，挽紧了他，"不管你是心伤也好，不管你是疯狂也好，楚濂，你却是我生命里唯一关心的男人！"我的眼眶蓦然潮湿了，"别跟我生气，楚濂，我挑剔，我嫉妒，我多心而易怒，只因为……只因为……"我碍口而又哽塞，终于还是说了出来，"只因为……我是那么那么地爱你！"

他一把揽住了我的肩，揽得很紧很紧，我感觉得到他身体的一阵震颤与痉挛，他的头靠近了我，在我耳边低声地说：

"我一生没听过比这句话更动人的话，它使我心跳！"他俯视我的眼睛，面色郑重、诚恳而真挚，"让我们不要再为绿萍而吵架了吧！因为……因为我也是那么那么地爱你！"

哦，谁知道爱情是这样的？谁知道爱情里有争执，有吵闹，有钩心斗角，而又有那样多的甜蜜与酸楚？我们肩并着肩，继续漫步在那雨雾中。一任雨丝扑面，一任寒风袭人，我们不觉得冷，不觉得累，只觉得两颗心灵的交会与撞击。那是醉人的，那是迷人的，那是足以让人浑忘了世界、宇宙与天地万物的。噢，谁能告诉我，爱情是这样的？

春天来临的时候，陶剑波已经几乎天天出入我家了。他常和楚濂结伴而来，我不知道楚濂是不是对陶剑波暗示过什么，但，陶剑波确实在绿萍身上用尽了功夫。他送成打的玫瑰花给绿萍，他写情书给她，他为她弹吉他，为她唱情歌。绿萍呢？我们谁也不知道她到底在想些什么，她对陶剑波温和亲切而又若即若离，对楚濂呢，她常常凝视楚濂，似有意又似无意地和他坐在一起，下班前打电话叫他去接她回家……她对他亲密而又保持礼貌。我越来越糊涂,不知陶剑波到底有没有打动她,更不知道她对楚濂是否有情?这闷葫芦让我难过透了。母亲呢,她却比我更糊涂,因为,她居然对父亲说:

"我看,楚濂和陶剑波都对咱们的绿萍着了迷,本来,我以为绿萍喜欢的是楚濂,现在看看,她对陶剑波也很不错,绿萍这孩子一向深沉,连我这做母亲的都摸不着她的底。将来,真不知道楚濂和陶剑波哪一个有福气能追到绿萍呢!"

似乎没有人是来追我的,似乎得到我的人也没什么福气。我"冷眼旁观","冷耳旁听",父亲接了口:

"你少为绿萍操心吧,现在的年轻人自己有自己的主张。陶家和楚家跟我们都是世交,两家的孩子也都不错,无论绿萍选了谁,我都不反对。"

"我知道剑波和楚濂都是好孩子!"母亲沉吟地说,"可是,不知怎的,我就是比较喜欢楚濂,他漂亮,洒脱,功课又好,和绿萍是天造地设的一对儿。剑波吗?他太浮躁了一些,只怕配咱们绿萍不上呢!"

"也别把自己的女儿估价过高啊,"父亲取笑地拍拍母亲的肩,"反正他们都年轻,让他们自己去发展吧!"

"年轻?"母亲不满地蹙蹙眉,"春节都过了,绿萍已二十三了,也该有个决定了!楚濂那孩子,也不知道葫芦里卖的什么药,至今没个明确的表示。你说他对绿萍没意思吧,他可天天来咱们家。而且,他大学毕业也这么些年了,一直不去美国,还不是为了等绿萍。现在绿萍也毕了业,两人就该把婚订了,一起留学才对,怎么就这样拖下来了呢?我实在弄不明白!"

天！我翻翻白眼，倒抽一口冷气。好了！楚濂的不留学，居然是为了"等绿萍"，天天来我们家，是为了"追绿萍"！看样子，母亲只记得她有个二十三岁的女儿，就忘了她还有个二十岁的女儿了！

"或许，"父亲轻描淡写地说，"那楚濂并不想留学呢！"

"不想留学？"母亲瞪大了眼睛，"那他将来怎么办？我女儿可是要嫁给博士的！"

"有一天，博士会车载斗量地被美国送回来，"父亲冷笑地说，"现在，美国已经在经济不景气的情况下了，我们何苦还要把孩子往美国送？一张博士文凭又能值几个钱，眼光放远一点吧，舜涓！"

噢！我的父亲！我那亲爱亲爱的父亲！我真想冲过去拥抱他，像孩提时一般缠在他脖子上亲吻他！

"哦，"母亲受伤似的叫了起来，"绿萍是要留学的，无论如何是要留学的！假若楚濂不求上进，他最好早早地对绿萍放手！"

"你怎么知道绿萍想留学？"父亲问。

"我们谈过。"母亲说，"绿萍的功课这么好，她是真正可以学出来的，将来，她说不定能拿诺贝尔奖呢！"

"可能。"父亲沉思了，"只是，身为女性，往往事业与家庭不能兼顾，她是要事业呢，还是要家庭呢？"

"她都要！"母亲斩钉截铁地说，"无论如何，我要去和楚濂谈谈，问问他到底是什么意思。"

"你最好别问，"父亲淡淡地说，"那个楚濂，不像你想象的那样简单，他是个颇有思想和见地的孩子，他一定有他的决定和做法，你如果参与进去，是成事不足，败事有余！"

"可是，我不能让他继续耽误绿萍的青春与时间呀！"母亲叫，"楚家也和我谈过，心怡也希望春天里让他们订婚，夏天送他们去美国，事不宜迟，我可不愿意陶剑波插进来阻挠这件事！"

心怡是楚伯母的名字，那么，楚家也确实打算让他们订婚了！噢，楚濂，楚濂，谁说你生下来就该和绿萍的名字连在一起？噢，楚濂，楚濂，你到底是属于我的，还是属于绿萍的？

我悄悄地离开了我那"偷听"的角落，回到了我的卧室里。望着珠帘外的细雨迷蒙，我倚着窗子，静静伫立，窗外的一株木槿花，枝头正抽出了新绿，盛开的杜鹃，在园内绽放着一片姹紫嫣红。哦，春天，春天就这么不知不觉地来临了。楚家希望让他们在春天里订婚，现在，已经是春天了！

"事不宜迟"，母亲说的。真的，事不宜迟，我还能保有多久我的秘密？走到床边，我拿起我的吉他，轻轻地拨弄着《一帘幽梦》的调子，眼光仍然停驻在窗帘上。哦，我那美丽的美丽的姐姐，你也有一帘幽梦吗？你梦中的男主人又是谁？也是那个和我"共此一帘幽梦"的人？是吗？是吗？是吗？

一帘幽梦

捌

EIGHT

哦！母亲第二！那样一厢情愿的恋情呀！那样深刻的自信呀！"骄傲"与"自负"是我们汪家的传家之宝！

晚上，夜深了，我穿上了睡衣，溜进了绿萍的屋里。

绿萍还没有睡，坐在书桌前面，她在专心地阅读着一本书，我伸过头去看看，天，全是英文的！我抽了口气，说：

"这是什么书？"绿萍抬头看看我，微笑着。

"我在准备考托福。"她静静地说。

"考托福？！"我愣了愣，在她的床沿上坐了下来，"那么，你是真的准备今年暑假就去美国吗？"

"是的。"她毫不犹豫地说，看着我，她那对黑蒙蒙的大眼睛里放着光彩。"我告诉你一个秘密，紫菱，"她忽然说，"但是你不许告诉别人！"

我的心猛地一跳。来了！楚濂，准是关于楚濂的！我的喉头发干，头脑里立即昏昏然起来，我的声音软弱而无力：

"我答应你，不告诉别人！"

她离开书桌，坐到我身边来，亲昵地注视着我，压低了声音，带着满脸的喜悦，她轻声说：

"我可能获得美国麻省理工学院[1]的奖学金！"

哦！我陡地吐出一口长气来，像卸下了一副沉沉的重担，说不出来

---

[1] 麻省理工学院：马萨诸塞理工学院，Massachusetts Institute of Technology，世界著名私立研究型大学。

有多么轻松、多么欢愉，我高兴地握住了她的手，毫不虚假地说出了我的祝福：

"真的吗？绿萍，恭喜你！"

"别恭喜得太早，"绿萍笑得甜蜜，也笑得羞赧，"还没有完全确定呢！"

"你怎么知道的呢？"

"我的系主任推荐我去申请，今天我去看系主任，他已收到他们的信，说大概没问题。哦，紫菱，"她兴奋得脸发红，"你不知道，麻省理工学院在美国是著名的学府，这些年来，台湾没有几个人能获得他们的奖学金！"

"噢，"我跳了起来，"快把这消息去告诉爸爸妈妈，他们不乐得发疯才怪！"

"不要！紫菱！"她一把按住我，"瞧你！才叫你保密，你就要嚷嚷了！现在还没有成为事实呢，何必弄得尽人皆知，万一拿不到，岂不是丢脸！"

"可是，"我看着她，说，"你已经差不多有把握了，是不是？"

她微笑地点点头。

"哦！"我叫了一声，仰天躺倒在她的床上，"那么，你真的要去美国了？"

绿萍也躺了下来，她看着我，伸手亲切地环抱住了我的腰，我们面对面地躺着，她低声地、友爱地、安慰而又诚恳地说：

"别难过，紫菱。我保证，我出去以后，一定想办法把你也接出去。"

我凝视着我那善良、单纯，而美丽的姐姐。

"可是，绿萍，"我坦白地说，"我并不想出去。"

她困惑地注视我，摇了摇头。

"我真不了解你，紫菱，这时代的每一个年轻人都在往外跑，你不出去，怎么知道世界有多大？"

"我的世界已经很大了。"我微笑地说，"大得够我骑着马到处驰骋了。"

"你永远那么不务实际，"绿萍睁大眼睛，"紫菱，你不能一辈子生活在童话里。"

"或许，生活在童话里的人是你而不是我，"我笑着，"你生活在一个'现代的童话'里而已。"

"我听不懂你的话！"她蹙起眉。

楚濂会懂的。我想着。想起楚濂，我浑身一凛，蓦然间想起今晚来此的目的。我躺平身子，用双手枕着头，望着天花板，沉吟地叫了一声：

"绿萍！"

"嗯？"她应了一声。

"我今天听到爸爸和妈妈在谈你。"

"哦？"她仍然漫应着。

"他们说，不知道你到底喜欢陶剑波呢，还是楚濂。"我侧过头，悄悄地从睫毛下窥探她，尽量维持我声音的平静，"他们在商量你的终身大事！"

"噢！"她轻叫了一声，从床上坐了起来，靠在床栏杆上，用双手抱住膝，她的眼睛望着窗子，那对雾蒙蒙的黑眼睛！天哪！她实在是个美女！

"告诉我，绿萍，"我滚到她的身边去，用手轻轻地摇撼她，"你到底喜欢谁？是陶剑波，还是楚濂？告诉我！姐姐！"我的声音迫切而微颤着。

她半晌不语，接着，就扑哧一声笑了。她弓起膝，把下巴放在膝上，长发披泻了下来，掩住了她大部分的脸孔，她微笑地望着我，说：

"这关你什么事呢，紫菱？"

"我只是想知道！"我更迫切了，"你告诉我吧！"

"是妈妈要你来当小侦探的吗？"她问。

我猛烈地摇头。

"不！不！保证不是！只是我自己的好奇，你对他们两个都不错，我实在不知道你喜欢的是哪一个？"

绿萍又沉默了，但她在微笑着，一种朦朦胧胧的、梦似的微笑，一种只有在恋爱中的女人才会有的微笑。我的心抽紧了，肌肉紧张了，我真想躲开，我不要听那答案。但是，绿萍开了口：

"如果你是我，紫菱，你会喜欢谁呢？"

我瞠目而视，见鬼！如果我是你啊，我当然去喜欢陶剑波，把楚濂留给你那个痴心的小妹妹！这还要你问吗？但是，我总不能把这答案说出来的，于是，我就那样瞠大了眼睛，像个呆瓜般瞪视着我的姐姐。我的模样一定相当滑稽和傻气，因为，绿萍看着我笑了起来。她用手揉弄着我的短发，自言自语似的说：

"问你也是白问，你太小了，你还不懂爱情呢！"

我的眼睛瞠得更大了，我相信我的样子更傻了。绿萍把面颊靠在她自己的膝上，望着我。她的眼睛闪亮，而笑意盎然。长发半遮，星眸半扬，她的面颊是一片醉酒似的嫣红。

"真要知道吗？"她低问。

"是的。"我哑声回答。

她的脸更红了，眼睛更亮了，那层梦似的光彩笼罩在她整个的面庞上。

"我可以告诉你，"她幽幽地说，"但是，这只是我们姐妹间的知己话，你可不能说出去啊！"

我傻傻地点头。

她悄悄地微笑。

我的手下意识地握紧了被单，她的眼光透过了我，落在一个遥远的、不知名的地方。

"当然是楚濂。"她终于说了出来，眼光仍然逗留在那个遥远的、梦幻的世界里，"从我还是一个小女孩的时候，我就爱上了他。妈妈要我在大学中别交男朋友，并不是我不交，只是因为我心里，除了楚濂之外，从没有第二个男人。楚濂……"她幽然叹息，那样幸福的、梦似的叹息，"楚濂，只有楚濂！"

那是一把刀，缓缓地、缓缓地，刺进我的身体、我的心灵。我有一阵痛楚，一阵晕眩。然后，我清醒过来，看到我姐姐那种痴迷的眼光，那满脸的光彩，那种醉人的神韵，谁能拿蒙娜丽莎来比我姐姐？她比蒙娜丽莎可爱一百倍！我转开了头，因为，我相信我的脸色苍白。很久很久，我才有力气开口说话：

"那么，楚濂也爱你吗？他对你表示过吗？"

她默然片刻。

"真正的相爱并不需要明白的表示，"她说，"我了解他，我相信他也了解我，这就够了！"

天哪！我咬紧嘴唇。

"那么，陶剑波呢？"我挣扎着说，"你既然爱的是楚濂，为什么不明明白白地拒绝陶剑波？"

"陶剑波吗？"她轻声笑了，"你不懂，紫菱，你太小。陶剑波只是爱情里的调味品，用来增加刺激性而已。像菜里的辣椒一样。"

"我不懂。"我闷闷地说。

"无论怎样深厚的爱情，往往都需要一点儿刺激，陶剑波追求我，正好触动楚濂的醋意，你难道没有注意到，最近就因为陶剑波的介入，楚濂来我们家就特别勤快了？这只是女孩子在爱情上玩的小手段而已。"

天哪！我再咬紧嘴唇，一直咬得发痛。我的头已经昏沉沉的了，我的心脏在绞扭着，额上开始冒出了冷汗。

"可是，绿萍，"我勉强整理着自己的思绪，"你马上要去美国了，楚濂似乎并没有留学的打算啊！"

"他有的！"

"什么？"我惊跳，"他对你说的吗？"

"他没说。但是，这时代的年轻人有几个不去留学呢？并不是每个人的思想都和你一样。他这些年不去留学，只是为了等我，他品学兼优，申请奖学金易如反掌。我预备明后天就跟他谈一下，我们可以一起去考托福，一起出去。"

哦！母亲第二！那样一厢情愿的恋情呀！那样深刻的自信呀！"骄傲"与"自负"是我们汪家的传家之宝！

"假若，"我说，"绿萍，假若他并不想留学呢？"

"不可能的。"她坚定地回答。

"我是举例！"我固执地问，"假若他根本不愿去留学，你怎样？一个人去吗？"

她笑了，望着我，满脸的热情与信念。

"如果真是这样，我又能怎么办呢？我只是个女人，不是吗？他在什么地方，我就在什么地方！"

够了，不要再问下去了！我正在恋爱，我知道什么叫恋爱！我也懂得那份深切、狂热与执着！不用再谈了。姐妹两个同时爱上一个男人是自古就有的老故事，只是我从没想到会发生在我身上！而一旦有可能发生，去探究这谜底的人就是个傻瓜！我原该顺着楚濂的意思，早早地公开我和他的恋爱，不要去管绿萍的心理反应，也不要去管她爱不爱他。而现在，当绿萍向我剖白了她的心声以后，我怎能再向她说：

"你的爱人并不爱你，他爱的是我！"

我怎能？天哪！我做了一件多大的傻事！假若你不知道做某件事会伤害一个人，而你做了，只能算是"过失杀人"。假若你明知道这事会伤害人，你依然做了，你就是"蓄意谋杀"了。现在，我已知道公开我和楚濂的恋爱会大大地伤害绿萍，我如何去公开它？天哪，我怎么办？我和楚濂怎么办？

第二天的黄昏，我就和楚濂置身在我们所深爱的那个小树林里了。我用手捧着头，呆呆地坐在一块大石头上，楚濂在我身边暴跳如雷，不断地对我吼着：

"你是个小傻瓜！紫菱，你只会做最笨最笨的事情！什么找陶剑波来追她，什么不要伤她的心，现在，你是不是准备把我奉送给你姐姐，你说！你说！"

我抱紧我那快要炸开的头颅，可怜兮兮地说：

"我很傻，我本来就是很傻很傻的！"

他一下子蹲在我面前，用力拉开了我抱着头的双手，直视着我的眼睛，他命令地说：

"看着我！紫菱！"

我看着他，噘着嘴。

"你别那么凶，"我喃喃地说，"难道你听到我姐姐这样爱你，你居然没有一些感动吗？"

他一直看进我的眼睛深处去，他的脸色严肃而沉重。

"假若我能少爱你一点，我会很感动。"他说，"假若我能虚荣一点，我会很高兴。假若我能轻浮一点，我会对你们姐妹来个一箭双雕。假若我能冷酷一点，我会骂你姐姐自作多情！但是，现在的我，只是很烦恼，烦恼透了！"

我看着他，然后，我用手轻抚着他的头发。

"楚濂，"我低语，"只怪你太好，太容易吸引女孩子！只怪我们姐妹都那么痴，那么傻！只怪你母亲，为什么不把你生成双胞胎，那么，我们姐妹一人一个，什么麻烦都没有！"

他捉住了我的手。

"你怎么有这么多怪理论？"他说，望着我叹了口长气，"从现在起，你听我的办法，好不好？"

"你先说说看！"

"首先，我们去见你的父亲，他是个头脑最清楚，也最明理的人，我们要告诉他，第一，我不放弃现在的工作，不留学。第二，我们相爱，只等我储蓄够了钱，我们就要结婚……"

"哦，不，我还不想结婚。"

"什么意思？"

"我——"我嗫嚅着说,"我要等绿萍有了归宿,我才结婚!"

他猝然站了起来。

"紫菱,你使我无法忍耐!想想看吧,现在是什么时代,难道还有长姐不出嫁、妹妹也不能出嫁的道理吗?你姐姐,她野心万丈,要去美国,要留学,要拿硕士,拿博士,还要拿诺贝尔奖!谁知道她哪一年才能结婚?如果她一辈子不嫁,你是不是陪着她当一辈子老处女?"

我低下了头。

"你根本不懂,"我轻声说,"你完全不能了解我的意思。"

"那么,解释给我听!"他咆哮着说。

"好吧!我解释!"我忽然爆发了,从石头上一跃而起,我大叫着说,"你根本没心肝!没感情!你不能体会一个女孩子的痴心!你没有看到绿萍谈起你来的表情、语气和神态,她已经把整个心和生命都给了你,而你,你却完全不把她当一回事……"

"住口!紫菱!"他叫,抓住我的手腕,"你必须弄弄清楚,如果我顾到了她,就顾不到你!你是不是希望这样?希望我离开你而投向她?这是你的愿望吗?说清楚!紫菱!"他炯炯然的眸子冒火地盯着我,"或许,你并不爱我,你已经对我厌倦了,所以想把我丢给你姐姐!是这样吗,紫菱?"

"你胡说!你冤枉人!"泪水冲出我的眼眶,我重重地跺着脚、喘着气,"你明知道我有多爱你,你故意冤枉我!你没良心!你欺侮人……"

他一把把我拥进了他怀里,紧紧地抱着我。

"哦,紫菱,哦,紫菱!"他温柔地叫,"我们不要再吵了吧!不要再彼此误会,彼此折磨了吧!"他吻我的耳垂,我的面颊,"紫菱,你这善良的，善良的小东西！爱情的世界那样狭窄，你如何能将我剖成两个？即使把我剖成了两个、三个，或四个、一万个……可能每一个我，仍然爱的都是你，那又怎么办呢？"

我在他怀中轻声啜泣。

"真的？"我问，"你那样爱我，楚濂？"

"我发誓……"

"不用发誓，"我说，"只告诉我，我们把绿萍怎么办呢？"

"你肯理智地听我说话吗，紫菱？不要打岔。"

"好的。"

"让我告诉你，我和你一样为绿萍难过，可能我的难过更超过你。小时候，我们一块儿游戏，一块儿唱歌，一块儿玩。谁都不知道，长大了之后会怎么样。现在，我们长大了，却发生了这种不幸，人类的三角恋爱，都是注定的悲剧，往好里发展，有一个会是这悲剧里的牺牲者，弄得不好，三个人都是牺牲者，你是愿意牺牲一个，还是牺牲三个？"

我抬起头，忧愁地看着他。

"你是说，要牺牲绿萍了？"

"她反正不可能得到我的心，对不对？我们也不能放弃我们的幸福去迁就她，对不对？我告诉你，紫菱，时间是最好的治疗剂，有一天，她会淡忘这一切，而找到她的幸福，以她的条件，成千上万的男人都会拜倒在她的石榴裙下，我可以向你打包票，她不会伤心很久。"

"真的吗？"我不信任地问。

"真的。"他恳切地说，"你想想看，假如她真嫁了我，会幸福吗？结果是，我的不幸，你的不幸，和她的不幸，何必呢，紫菱？离开我，她并不是就此失去了再获得幸福的可能，人生，什么事都在变，天天在变，时时在变。她会爱上另外一个人的，一定！"

"那么，你预备和爸爸去谈吗？"

他又沉吟了，考虑了很久，他抬头看着我。

"不，我改变了主意，"他决定地说，"我要自己去和绿萍谈。"

我惊跳。

"什么？"

"这事知道的人越少越好，否则，岂不太伤她的自尊？"他那对明亮的眼睛坦率地看着我，"你放心，我会措辞得很委婉，我会尽量不伤害她。但是，这件事只有你知道，我知道，她知道，不能再有第四者知道。反正，她快去美国了，她去了美国，别人只以为是我没出息，不愿去美国，而她丢掉了我……"

"我懂了，"我说，"我们要串演一幕戏，变成她抛弃了你，而我接受了你。"

"对了。所以，我们相爱的事，要延后到绿萍去了美国之后再公开。"

他盯着我，我们互相对望着，两人都忧心忡忡而烦恼重重。好半天，我们只是对望着，都不说话，最后，还是我先开了口：

"你什么时候和绿萍谈？"

他沉思片刻，甩了甩头。

"快刀斩乱麻，"他说，"我明天下班后就和她谈！"

我打了一个寒战："你要在什么地方和她谈？"

"我带她到这树林来，这儿是最好的谈话地方，又安静，又没有其他的人。"

我又打了一个寒战。

他警觉地盯着我。

"你怎么了，紫菱？"他问，"冷了吗？"

"不，不冷。"我说，却打了第三个寒战，"我只是心惊肉跳，我觉得……我觉得……"

他紧握住我的双手，他的手又大又温暖又有力。

"把你的心事交给我，好不好？"他温柔而坚定地说，"相信我！紫菱，请你相信我！"

我望着他，暮色早已在不知不觉中游来，充塞在整个的林内，树木重重叠叠的暗影，交织地投在他的脸上。我忽然打心底冒出一股凉意，我又一度颤抖。一种不祥的预感紧紧地包围住了我，我死命地握紧了他，说：

"你不会爱上绿萍吧？"

"天！"他轻叫，"你要担多少种不同的心事！"

"我……"我嗫嚅着，轻轻吐出几个字来，"我爱你！楚濂！"

"我也爱你！"他揽着我，在我耳边低语，"你一定要相信我，紫菱。"他轻念了两句诗："在天愿作比翼鸟，在地愿为连理枝。"

我含着泪笑了，偎着他走出了树林。

事后，我想起来，那两句诗竟是《长恨歌》里的句子。

玖

NINE

"我告诉你，紫菱，一件东西如果坏了，能修好就尽量去修好，修不好就把它丢了，犯不着为了它烦恼，知道吗？"

　　我一整天都精神紧张而神志昏乱，再也没有比这一天更难挨的日子，再也没有这么沉重的日子。时间是缓慢而滞重地拖过去的，我食不知味，坐立不安，整日在楼上楼下乱走，抱着吉他，弹不成音，听着唱片，不知何曲何名。午后，楚濂打了一个电话给我，简单地告诉我他已约好绿萍下班后去"郊外""逛逛"，并一再叮嘱我"放心"！放心，我怎能放心呢？我那可怜的姐姐，当她接到楚濂的电话，约她去"郊外逛逛"，她会做何想法？她会有几百种几千种的绮梦？而事实竟是什么呢？噢，我今晚如何面对绿萍？放心，我怎能放心呢？

　　几百次，我走到电话机旁，想拨电话给楚濂，告诉他不要说了，不要对绿萍说任何话！但是，拿起听筒，我又放了回去，楚濂是对的，快刀斩乱麻，这事迟早是要公开的，我应该信任楚濂，把我的心事都交给他，我应该信任楚濂，他是个堂堂的男子汉，他知道他在做些什么事情，我应该信任楚濂，我应该信任楚濂……但，我为什么这样地心慌意乱，而又心惊肉跳呢？

　　午后三点钟左右，费云舟和费云帆兄弟二人来了，最近，他们是我们家的常客。我的吉他，经过费云帆整个冬天的教授，已经可以勉强弹弹了，只怪我没有耐心而又往往心不在焉，所以，始终没办法学得很纯熟。看到我抱着吉他蜷缩在沙发里，费云帆似乎很意外。走近我，他审视着我，说：

"怎么？我可不相信你正在练吉他！"

我抬头看看他，勉强地笑了一下。

"我自己也不相信。"我说。

父亲和费云舟又开始谈起他们的生意来了，只一会儿，他们就到书房里去研究账目了。客厅里剩下我和费云帆，他在我对面坐下来，燃起一支烟，注视着我，说：

"弹一曲给我听听！"我勉强坐正了身子，抱着吉他，调了调音，我开始弹那支《一帘幽梦》。费云帆很仔细地倾听着，一副老师的样子，烟雾从他的鼻孔中不断地冒出来，弥漫在空气里。我弹完了第一遍，一段过门之后，我又开始弹第二遍，我知道我弹得相当好，因为我越来越聚精会神，越来越融进了我自己的感情。但是，当我刚弹到"春来春去俱无踪，徒留一帘幽梦"的时候，"铮"的一声，一根琴弦断了，我掷琴而起，脸色一定变得相当苍白。我从不迷信，但是，今天！今天！今天！为什么偏偏是今天！

"怎么？紫菱？"费云帆惊讶地说，"你的脸色白得像一张纸！断了一根弦，这是很普通的事，用不着如此大惊小怪啊！"

我瞪视着他，你怎么知道？你怎么知道？我冲到电话机边，想拨电话，费云帆走过来，把手压在我肩上。

"什么事？紫菱，你在烦些什么？"

哦，不，我不能打那个电话，我该信任楚濂，我该信任楚濂！我废然地退到沙发边，抚弄着那吉他，喃喃地、语无伦次地说：

"我情绪不好，我一直心不定，今天什么事都不对头，我觉得好烦好烦！我实在不明白，人为什么要长大？"

费云帆沉默了一会儿，他灭掉了烟蒂，走过来，从我手中接过那把吉他，他一面拆除掉那根断弦，一面轻描淡写似的说：

"人要长大，因为你已经有义务去接受属于成年人的一切：烦恼、责任、感情、痛苦，或欢乐！这是每个人都几乎必经的旅程，上帝并没有特别苛待你！"

我抬眼看他，他冲着我微笑。

"怎么？紫菱，有很久没看到你这张脸上堆满了愁云，别烦恼吧！天大的烦恼都会有烟消云散的一天，何况，你的世界里，绝不可能发生什么天大的事情！好了，上楼去把上次买的备弦给我，让我帮你把这吉他修好！"

"你自己会换弦吗？"我惊奇地问。

他对我笑笑，似乎我问了一个好可笑的问题，我想起他曾在欧洲巡回演奏，总不能连琴弦都不会换！我就有些失笑了。奔上楼，我拿了弦和工具下来，他接过去，默默地换着弦，不时抬起眼睛看我一眼，然后，他换好了，试了音，再调整了松紧，他把吉他递给我。

"瞧！又完整如新了，这也值得脸色发白吗？"他仔细看我，又说，"我告诉你，紫菱，一件东西如果坏了，能修好就尽量去修好，修不好就把它丢了，犯不着为了它烦恼，知道吗？"

我深深地注视他。

"你曾有过修不好的东西吗？"我问。

"很多很多。"

"你都丢掉它们了吗？"

"是的。"

"是什么东西呢？有很名贵的东西吗？"

"看你怎么想。"

"举例说——"

"婚姻。"他立即回答。

我瞪大眼睛望着他。他再度燃起了一支烟，他的脸孔藏到烟雾后面去了，我看不清他，只觉得他的眼光深邃而莫测。这男人，这奇异的费云帆，他想试着告诉我一些什么吗？他已预知了什么吗？我将失去楚濂吗？失去楚濂！我打了一个冷战。窗外的阳光很好，落日下的黄昏，迷人的小树林，美丽的绿萍，托出一片最真挚的痴情……天，那楚濂毕竟只是个凡人哪！我再度跳了起来。

"你为什么这样坐立不安？"费云帆问，"你在等什么？"

我瞪着他。

"你怎么知道我在等什么？"

"只有等待可以让人变得这样烦躁！"

我一时有个冲动，我真想告诉他一切，告诉他楚濂和我、和绿萍间的故事，告诉他今天将进行的摊牌，告诉他所有的点点滴滴，让他那饱经过人生沧桑的经验来告诉我，以后的发展会怎样？让他那超人的智慧来分析，我和绿萍的命运会怎样？但是，我想起楚濂的警告，不要让第四者知道！我应该信任楚濂！我等吧，等吧，等吧，反正，今天总会过去的！谜底总会揭晓的！

是的，今天总会过去的，谜底总会揭晓的！天，假若我能预测那不可知的未来，假若我能预知那谜底啊！

时间继续缓慢地流逝，我每隔三分钟看一次手表，每秒钟对我都是苦刑，每分钟都是痛苦……母亲下楼来了，她开始和费云帆聊天，聊美国，聊欧洲，也聊绿萍的未来；硕士、博士，和那似乎已唾手可得的诺贝尔奖！父亲和费云舟算完了账，也出来加入了谈话。阿秀进来请示，父亲留费氏兄弟在家里共进晚餐，母亲也开始看手表了：

"奇怪，五点半钟了，绿萍五点下班，现在应该到家了才对！"

"她今天会回来晚一点，"我冲口而出，"楚濂约她下班后谈话去了。"

费云帆敏锐地掉过头来看着我。

"哦，是吗？"母亲笑得好灿烂，"你怎么知道？"

"噢，是他打电话告诉我的！"

母亲一定把这个"他"听成了"她"，喜悦染上了她的眉梢，她很快地看了父亲一眼，挑挑眉毛说：

"我说得对吧？他们不是很恰当的一对吗？"

"一对金童玉女！"费云舟凑趣地说，"展鹏，我看你家快要办喜事了！"

"谁知道？"父亲笑笑，"这时代的年轻人，都有自己的主张，我们根本很难料到他们的决定。"

费云帆溜到我身边来，在我耳边低语：

"葫芦里卖的是什么药？嗯？"

我求救似的看了他一眼，摇摇头，低声说：

"我不能讲。"

他深沉地看了我一眼。

"别担心，"他继续低语，"楚濂不是个见异思迁的男孩子！"

哦！他能洞悉一切！我再求救似的看了看他，于是，他很快地说：

"放愉快一点儿吧，否则别人会以为失恋的人是你了！带点儿笑容吧，别那样哭丧着脸。"

我惊觉地醒悟过来，带着勉强的微笑，我又开始去拨弄我的吉他。时间仍然在缓慢地流逝，一分、十分、二十分、一小时、两小时……七点半了。

阿秀进来问，要不要开饭了？

"哦，我们吃饭吧，"母亲欢愉地笑着，"不要等绿萍和楚濂了，他们是百分之八十不会回来吃饭的！"

"也真是的，"父亲接口，"即使不回来吃饭，也该先打个电话呀！"

你怎么知道？我想着，那小树林里何来的电话呀！但是，楚濂，楚濂，夜色已临，你到底有多少的话，和她说不完呢？你就不能早一点回来吗？你就不能体会有人在忧心如焚吗？你一定要和她在那暗沉的小树林内轻言蜜语吗？楚濂，楚濂，你这个没良心的人哪！但是，或许绿萍很伤心吗？或许她已肝肠寸断吗？或许你不得不留在那儿安慰她吗？

几百个问题在我心中交织，几千个火焰在我心中烧灼。但是，全体人都上了餐桌，我也只能坐在那儿，像个木偶，像个泥雕，呆呆地捧着我的饭碗，瞪视着碗里的饭粒。父亲看了我一眼，奇怪地说：

"紫菱，你怎么了？"

我吃了一惊，睁大眼睛望着父亲。母亲伸手摸摸我的额，笑笑说：

"没发烧，是不是感冒了？"

我慌忙摇头。

"没有，"我说，"我很好，别管我吧！"

"你瞧，"母亲不满意地皱皱眉，"这孩子这股别扭劲儿！好像吃错了药似的！"

"她在和她的吉他生气！"费云帆笑嘻嘻地说。

"怎么？"

"那个吉他不听她的话，无法达到她要求的标准！"

"急什么？"父亲也笑了，"罗马又不是一天造成的！这孩子从小就是急脾气！"

大家都笑了，我也只得挤出笑容。就在这时候，电话铃蓦然间响了起来，笑容僵在我的唇上，筷子从我手中跌落在饭桌上面，我摔下了饭碗，直跳起来。是楚濂，一定是楚濂！我顾不得满桌惊异的眼光，我顾不得任何人对我的看法，我离开了饭桌，直冲到电话机边，一把抢起了听筒，我喘息地把听筒压在耳朵上。

"喂，喂，"我喊，"是楚濂吗？"

"喂！"对方是个陌生的、男性的口音，"是不是汪公馆？"

噢！不是楚濂！竟然不是楚濂！失望绞紧了我的心脏，我喃喃地、被动地应着：

"是的，你找谁？"

"这儿是台大医院急诊室，请你们马上来，有位汪绿萍小姐和一位楚先生在这儿，是车祸……"

我尖声大叫，听筒从我手上落了下去，费云帆赶了过来，一把抢过了听筒，他对听筒急急地询问着，我只听到他片段的、模糊的声音：

"……五点多钟送来的？……有生命危险？……摩托车撞卡车……两人失血过多……脑震荡……带钱……"

我继续尖叫，一声连一声地尖叫。母亲冲了过来，扶着桌子，她苍白着脸低语了一句：

"绿萍，我的绿萍！"

然后，她就晕了过去。

母亲的晕倒更加刺激了我，我不停地尖叫起来，有人握住了我的肩膀，死命地摇撼着我，命令地嚷着：

"不要叫了！不要再叫！醒过来！紫菱！紫菱！"

我仍然尖叫，不休不止地尖叫，然后，蓦然间，有人猛抽了我一个耳光，我一震，神志恢复过来，我立即接触到费云帆紧张的眸子：

"紫菱，镇静一点，勇敢一点，懂吗？"他大声地问，"他们并没有死！一切还能挽救，知道吗？"

母亲已经醒过来了，躺在沙发上，她啜泣着、呻吟着、哀号着，哭叫着绿萍的名字。父亲脸色惨白，却不失镇静，他奔上楼，再奔下来，对费云舟说：

"云舟，你陪我去医院。云帆，你在家照顾她们母女两个！"

"你带够了钱吗？"费云舟急急地问，向门外冲去。

"带了！"他们奔出门外，我狂号了一声：

"我也要去！"

我往门外跑，费云帆一把抱住了我。

"你不要去，紫菱，你这样子怎么能去？在家里等着，他们一有消息就会告诉你的！"

"我不要！我不要！我不要！"我疯狂地挣扎，死命地挣扎，泪水涂满了一脸，"我一定要去！我一定要去！我一定要去……"我抓紧了费云帆的手腕，哭着喊："请你让我去，求你让我去吧！求你，求你！让我去……”

母亲大声地呻吟，挣扎着站了起来，摇摇摆摆地扶着沙发，哭泣地说：

"我也要去！我要去看绿萍，我的绿萍，哎呀，绿萍！绿萍！"她狂喊了一声："绿萍呀！"就又倒进沙发里去了。

费云帆放开了我，慌忙扑过去看母亲。我趁这个机会，就直奔出了房间，又奔出花园和大门，泪眼模糊地站在门口，我胡乱地招着手，想叫一辆计程车。费云帆又从屋里奔了出来，他一把握住了我的手腕：

"好吧！你一定要去医院，我送你去！但是，你必须平静下来！我已经叫阿秀照顾你母亲了！来吧，上车去！"

我上了费云帆的车，车子发动了，向前面疾驶而去。我用手蒙着脸，竭力想稳定我那混乱的情绪，但我头脑里像几百匹马在那儿奔驰、践踏，我心中像有几千把利刃在那儿穿刺、撕扯。我把手从脸上放下来，望着车窗外飞逝的街道，我喘息着，浑身颤抖，觉得必须诉说一点儿什么，必须交卸一些心里的负荷，于是，我发现我在说话，喃喃地说话：

"我杀了他们了！是我杀了他们了！我前晚和绿萍谈过，她爱楚濂，她居然也爱楚濂，楚濂说今天要找她谈，我让他去找她谈，我原该阻止的，我原该阻止的，我没有阻止！我竟然没有阻止！只要我阻止，什么都不会发生，只要我阻止！……"

费云帆伸过一只手来，紧紧地握住了我放在膝上的，痉挛着的手，他一句话也没说，但是，在他那强而有力的紧握下，我的痉挛渐止，颤抖也消。我住了口，眼睛茫然地看着前面。

车子停了，他熄了火，转头看着我。

"听我说！紫菱！"他的声音严肃而郑重，"你必须冷静，发生的事已经发生了，怨不了谁，也怪不了谁，你不冷静，只会使事情更加难办，你懂了吗？你坚持来医院，看到的不会是好事，你明白吗？"我瞪大了眼睛，直视着费云帆。

"他们都死了，是吗？"我战栗着说。

"医院说他们没死，"他咬紧牙关，"我们去吧！"

我不知道我是怎样走进急诊室的，但是，我进去了，人间还有比医院急诊室更恐怖的地方吗？我不知道。随后，我似乎整个人都麻木了，因为，我看到了我的姐姐，绿萍，正从急诊室推送到手术室去，她浑身被血渍沾满，我从没有看到过那么多的血，我从不知道人体里会有那么多的血……我听到医生在对面色惨白的父亲说：

"……这是必须的手术，我们要去掉她那条腿……"

我闭上眼睛，没有余力来想到楚濂，我倒了下去，倒在费云帆的胳膊里。

一帘幽梦

拾

TEN

===========

楚濂的面色如纸，他眼底掠过了一抹痛楚的光芒，这抹痛楚立即传染到我身上，

绞痛了我的五脏六腑。

　　似乎在几百几千几万个世纪以前，依稀有那么一个人，对我说过这样的几句话：

　　"人生，什么事都在变，天天在变，时时在变。"

　　我却没有料到，我的人生和世界，会变得这样快，变得这样突然，变得这样剧烈。一日之间，什么都不同了，天地都失去了颜色。快乐、欢愉、喜悦……早已成为历史的陈迹。悲惨、沉痛、懊恨……竟取而代之，变成我刻不离身的伴侣。依稀仿佛，曾有那么一个"少年不识愁滋味"的女孩，坐在窗前编织她美丽的"一帘幽梦"，而今，那女孩消失了，不见了，无影无踪了！坐在窗前的，只是个悲凉、寂寞、惨切而心力交瘁的小妇人。

　　家，家里不再有笑声了，不再是个家了。父母天天在医院里，陪伴那已失去一条腿的绿萍。美丽的绿萍，她将再也不能盈盈举步，翩然起舞。我始终不能想清楚，对绿萍而言，是不是死亡比伤残更幸运一些。她锯掉腿后，曾昏迷数日，接着，她有很长一段时间都在恍恍惚惚的状况下。当她第一次清清楚楚地清醒过来，发现自己活了，接着，却发现自己失去了右腿，她震惊而恐怖，然后，她惨切地哀号起来：

　　"我宁愿死！我宁愿死！妈妈呀，让他们弄死我吧！让他们弄死我吧！"

母亲哭了，我哭了，连那从不掉泪的父亲也哭了！父亲紧紧地搂着绿萍，含着泪说：

"勇敢一点吧，绿萍，海伦·凯勒既瞎又聋又哑，还能成为举世闻名的作家，你只失去一条腿，可以做的事还多着呢！"

"我不是海伦·凯勒！"绿萍哭叫着，"我也不要做海伦·凯勒！我宁愿死！我宁愿死！我宁愿死！"

"你不能死，绿萍，"母亲哭泣着说，"为我、为你爸爸活着吧，你是我们的命哪！还有……还有……你得为楚濂活着呀！"

于是，绿萍悚然而惊，仰着那满是泪痕而毫无血色的面庞，她惊惧地问：

"楚濂？楚濂怎么了？"

"放心吧，孩子，他活了。他还不能来看你，但是，他就会来看你的。"

"他——他也残疾了吗？"绿萍恐怖地问。

"没有，他只是受了脑震荡，医生不许他移动，但是，他已经度过了危险期。"

"哦！"绿萍低叹了一声，闭上眼睛，接着，她就又疯狂般地叫了起来，"我不要他来见我，我不要他见到我这个样子，我不要他看到我是个残废，我不要！我不要！妈妈呀，让我死吧！让我死吧！让我死吧！……"

她那样激动，那样悲恐，以致医生不得不给她注射镇静剂，让她沉沉睡去。我看着她那和被单几乎一样惨白的面颊，那披散在枕上的一枕黑发，和那睫毛上的泪珠，只感到锥心的惨痛。天哪，天哪，我宁愿受伤的是我而不是绿萍，因为她是那样完美，那样经过上帝精心塑造的杰作。天哪，天哪！为什么受伤的是她而不是我呢？

楚濂，这名字在我心底刻下了多大的痛楚。他被送进医院的时候，情况比绿萍更坏，他的外伤不重，却因受到激烈的脑震荡，而几乎被医生认为回天乏术。楚伯母、楚伯伯和楚漪日夜围在他床边哭泣，我却徘徊在绿萍与他的病房之间，心胆俱碎，惶惶然如丧家之犬。可是，四天后，他清醒了过来，头上缠着纱布，手臂上绑满了绷带，他衰弱而无力，但他吐出的第一句话却是：

"绿萍呢？"

为了安慰他，为了怕他受刺激，我们没有人敢告诉他真相，楚伯母只能欺骗他：

"她很好，只受了一点轻伤。"

"哦！"他长长地吐出一口气来，如释重负。

我的心酸楚而苦涩，泪水满盈在我的眼眶里，有个问题始终缠绕在我脑际，就是当车祸发生时，楚濂到底和绿萍说过什么没有？据说，他们是五点半钟左右在青潭附近撞的车，那正是去小树林的途中，那么，他应该还没提到那件事。站在他床边，我默默地瞅着他，于是，他睁开眼睛来，也默默地看着我，我竭力想忍住那在眼眶中旋转的泪珠，但它终于仍然夺眶而出，落在他的手背上。他震动了一下，然后，他对我挤出一个勉强的、虚弱的微笑，轻声地说：

"不要哭，紫菱，我很好。"

泪水在我面颊上奔流得更厉害，我继续瞅着他。于是，基于我们彼此的那份了解，基于我们之间的心灵相通，他似乎明白了我的疑问，他虚弱地再说了一句：

"哦，紫菱，我什么都没说，我还来不及说。"

我点头，没有人能了解我在那一刹那间有多安慰！我那可怜的可怜的姐姐，她最起码在身体的伤害之后不必再受心灵的伤害了。楚濂似乎很乏力，闭上眼睛，他又昏沉沉地睡去。楚伯伯、楚伯母和楚漪都用困惑的眼光望着我，他们不知道楚濂的话是什么意思，但是，他们也根本用不着知道这话的意思了。因为，我深深明白，这可能是一个永远不会公开的秘密了。

楚濂在进院的一星期后才脱离险境，他复原得非常快，脑震荡的危机一旦过去，他就又能行动、散步、谈话和做一切的事情了。他并不愚蠢，当他发现绿萍始终没有来看过他，当他发现我并未因他的脱险就交卸了所有的重负，当他凝视着我，却只能从我那儿得到眼泪汪汪的回报时，他猜出事态的严重，他知道我们欺骗了他。他忍耐着，直到这天下午，楚漪回家了，楚伯伯和楚伯母都去绿萍的病房里看绿萍了。只有我守在楚濂的病床边，含着泪，我静静地望着他。

"说出来吧，紫菱！"他深深地望着我，"我已经准备接受最坏的消息！绿萍怎么了？"他的嘴唇毫无血色，"她死了吗？"

我摇头，一个劲儿地摇头，泪珠却沿颊奔流。他坐起身子来，靠在枕头上，他面孔雪白，眼睛乌黑。

"那么，一定比死亡更坏了？"他的声音喑哑，"告诉我！紫菱！我有权利知道真相！她怎么样了？毁了容？成了瘫痪？告诉我！"他叫着，"告诉我！紫菱！"

我说了，我不能不说，因为这是个无法永久保密的事实。

"楚濂，她残疾了，他们切除了她的右腿。"

楚濂瞪着我，好半天，他就这样一眨也不眨地瞪着我，接着，他把头一下子扑进了掌心里，他用双手紧紧地蒙着脸，浑身抽搐而颤抖，他的声音压抑地从指缝中漏了出来，反复地、一遍又一遍地喊着：

"我的天！我的天！我的天！我的天……"

我坐在他的床沿上，用手按住他的肩头，试着想稳定他激动的情绪，但我自己也是那样激动啊！我轻轻地、啜泣地低唤着：

"楚濂，楚濂！"

他的手慢慢地放了下来，一把握紧了身上的被单。

"我从大学一年级起就骑摩托车，"他喃喃地说，"从来也没有出过车祸！"

"不怪你，楚濂，这不能怪你！"我低语说，"你那天的心情不好，我不该把那副重担交给你，我不该去探索绿萍内心的秘密，我更不该让你去和绿萍谈，我不该……这，都是我不好！都是我……"

"住口！"他仰起头来，用一对冒火的、受伤的眸子瞅着我，"我不要别人帮我分担罪过，我也不要你帮我分担罪过，你懂了吗？"他咆哮着，眼睛里有着血丝，面貌是狰狞而凶恶的。

我住了口，望着他。在这一刻，我只想抱住他的头，把他紧揽在我的胸口，然后和他好好地一块儿痛哭一场。但是，我没有这样做，因为，我在他的眼底看出了一缕陌生，一种我不熟悉的深沉，我不了解的恼怒，我退缩了，我悄悄地站起身来。于是，他转开头，避免看我，却问：

"我什么时候可以去看她？"

"绿萍吗？"我怔了怔，"她不愿意见你。"

"因为恨我吗？"他咬着牙问。

我默然片刻，却吐出了最真实的答案。

"不。因为太爱你。她……自惭形秽。"

我没有忽略他的震颤，我也没有忽略他的痉挛。我悄悄地向门口退去，正好楚伯伯走了进来，他惊疑地望着我，于是，我很快地交代了一句：

"我把绿萍的情况告诉他了，楚伯伯，我们不能瞒他一辈子！"

我跑出了楚濂的病房，穿过那长长的走廊，转了弯，走到绿萍的病房前。在绿萍的病房门口，我看到母亲，她正和楚伯母相拥而泣，楚伯母在不停口地说：

"舜涓，你放心，你放心，我们濂儿不是那样的人，他会好好地待绿萍的！我跟你保证，舜涓，就凭我们两个的交情，我难道会亏待萍儿吗？"

我走进了绿萍的房间，她仰躺着，眼睛睁得大大的，这些天来，她已经不再闹着要寻死，只是变得非常非常地沉默。这种精神上的沮丧似乎是没有任何药物可以医治的，我走过去，站在她的床边，望着她。她憔悴、消瘦而苍白，但是，那清丽如画的面庞却依然美丽，不但美丽，而且更增加了一份楚楚可怜和触人心弦的动人。她凝视我，慢吞吞地说：

"你从哪儿来？"

"我去看了楚濂，"我说，静静地凝视她，"我已经告诉了他。"

她震动了一下，微蹙着眉，询问地望着我。

"你不懂吗？"我说，"他们一直瞒着他，现在，他的身体已经好起来了，所以，我把你的情况告诉了他。"

她咬住嘴唇，泪珠涌进她的眼眶里，她把头转开，那些泪珠就噗地滚落到枕头上去了。

我弯下腰，拿手帕拭着她的面颊，然后，我在她床前跪下来，在她耳边轻声地说：

"听我说！姐姐，如果他爱你，不会在乎你多一条腿或少一条腿！"她倏然掉过头来瞪着我。

"但是，他爱我？"她直率地问，她从没有这样直率过。

我勇敢地迎视着她的眼睛，我的手暗中握紧，指甲深陷进我的肉里去，我一字一字地说：

"是的，他爱你。"

绿萍瞪视了我好一会儿，然后，她慢慢地合上了眼睛，低语着说：

"我好累，我想睡了。"

"睡吧！姐姐！"我帮她拉拢被单，抚平枕头。她似乎很快就睡着了，我站起身来，默默地望着她那并不平静的面孔，那微蹙的眉梢，那泪渍犹存的面颊，那可怜兮兮的小嘴……我转过身子，悄无声息地走出了病房。

第二天，我拿着一束玫瑰花去看绿萍，母亲因为太疲倦了而在家中休息。我到了医院，穿过走廊，却意外地看到父亲正在候诊室中抽烟，他没有看到我。我猜绿萍一定睡着了，所以父亲没有陪伴她。于是，我放轻了脚步，悄悄悄悄地走向绿萍的病房门口，门合着，我再悄悄悄悄地转动了门柄，一点声息都没有弄出来。我急于要把那束玫瑰花插进瓶里，因为绿萍非常爱花。但是，门才开了一条缝，我就愣住了。

门里，并不是只有绿萍一个人，楚濂在那儿。他正半跪在床前，紧握着绿萍的手，在对她低低地诉说着什么。

要不偷听已经不可能，因为我双腿瘫软而无力，我只好靠在门框上，倒提着我的玫瑰花，一声也不响地站着。

"……绿萍，你绝不能怀疑我，"楚濂在说，"这么些年来，我一直爱着你，已经爱了那么长久那么长久！现在来向你表示似乎是很傻，但是，上帝捉弄我……"他的声音哑了，喉头哽塞，他的声音吃力地吐了出来，"却造成我在这样的一种局面下来向你求爱！"

绿萍哭了，我清楚地听到她啜泣的声音。

"楚濂，楚濂，"她一面哭，一面说，"我现在还有什么资格接受你的求爱？我已经不再是当日的我……"

楚濂伸手蒙住了她的嘴。

"别再提这个！"他的声音嘶哑得几乎难以辨认，"我爱的是你的人，不是你的腿，何况，那条腿也该由我来负责！"

"楚濂，你弄清楚了吗？"绿萍忽然敏锐了起来，"你是因为爱我而向我求爱，还是因为负疚而向我求爱？你是真爱，还是怜悯？"

楚濂把头扑进她身边的棉被里。

"我怎么说？我怎么说？"他痛苦地低叫着，"怎么才能让你相信我？怎样才能表明我的心迹？老天！"他的手抓紧了被单，酸楚地低吼着，"老天！你给我力量吧！给我力量吧！"

绿萍伸手抚摩楚濂那黑发的头。

"楚濂，我只是要弄清楚……"她吸了吸鼻子，"这些日子，我躺在病床上，我常想，你或许爱的并不是我，而是紫菱，那天，你约我去谈话，你一直表现得心事重重，或许是……"

　　楚濂惊跳起来，抬起头，他直视着绿萍：

　　"你完全误会了！"他哑声低喊，像负伤的野兽般喘息，"我从没有爱过紫菱，我爱的是你！我一直爱的就是你！没有第二个人！那天我约你出去，就是……就是……"他喘息而咬牙，"就是要向你求婚！我……我心神不定，我……我怕你拒绝，所以……所以才会撞车……绿萍，请你，请你相信我，请你……"他说不下去了，他的话被一阵哽塞淹没了。

　　绿萍的手抓紧了楚濂的头发。

　　"楚濂，"她幽幽地，像做梦般地说，"你是真的吗？我能信任你那篇话吗？你发誓……你说的都是真心话！你发誓！"

　　"我发誓，"楚濂一字一字地说，声音更嘶哑，更沉痛，他挣扎着，战栗着，终于说了出来，"假如我欺骗了你，我将坠入万劫不复的地狱！"

　　"哦，楚濂！哦，楚濂！哦，楚濂！"绿萍啜泣着低喊，但那喊声里已糅合了那么大的喜悦，那么深切的激情，这是她受伤以来，第一次在语气里吐露出求生的欲望，"你不会因为我残废而小看我吗？你不会讨厌我吗？……"

　　楚濂一下子把头从被单里抬了起来，他紧盯着绿萍，那样严肃、那样郑重地说：

　　"你在我心目中永远完美！你是个最精致的水晶艺术品，无论从哪一个角度看，都放射着光华。"他停了停，用手抚摩她那披散在枕上的长发，"答应我，绿萍，等你一出院，我们就结婚！"

　　绿萍沉默了，只是用那对大眼睛泪汪汪地看着他。

　　"好吗，绿萍？"他迫切地问，"答应我！让我来照顾你！让我来爱护你！好吗，绿萍？"

绿萍长长叹息。

"我曾经想去美国，"她轻声地说，"我曾经想拿硕士、博士，而争取更大的荣誉。但是，现在，我什么梦想都没有了……"她轻声饮泣，"我所有所有的梦想，在这一刻，都只化成了一个，那就是——如何只靠一条腿，去做个好妻子！你的好妻子，楚濂。"

楚濂跪在那儿，有好半天，他一句话都不说，只是目不转睛地盯着绿萍。然后，他扑过去，他的头慢慢地俯向她，他的嘴唇接触到了她的。

不知何时，泪水已经爬满了我一脸，不知何时，我手里那玫瑰花梗上的刺已刺进我的手指，不知何时，我那身边的门已悄然滑开……我正毫无掩蔽地暴露在门口。

我想退走，我想无声无息地退走。但是，来不及了，我的移动声惊动了他们，楚濂抬起头来，绿萍也转过眼光来，他们同时发现了我。

无法再逃避这个场面，无法再装作我什么都没看见，我只能走了进去，脚像踩在一堆堆的棉絮里，那样不能着力，那样虚浮，那样轻飘，我必须努力稳定自己的步伐，像挨了几千年，才挨到绿萍的床边。我把玫瑰花放在床头柜上，俯下身来，我把我那遍是泪痕的脸颊熨帖在绿萍的脸上，在她耳边，轻声耳语了一句："我没骗你吧，姐姐？"

抬起头来，我直视着楚濂，运用了我最大的忍耐力，我努力维持着声音的平静，我说：

"欢迎你做我的姐夫，楚濂。"

楚濂的面色如纸，他眼底掠过了一抹痛楚的光芒，这抹痛楚立即传染到我身上，绞痛了我的五脏六腑。我知道无法再逗留下去，否则，我不知道自己会做出些什么事情来。我重重地一甩头，用衣袖抹去了颊上的泪痕，我很快地说：

"刚好我给你们送了玫瑰花来，我高兴——我是第一个祝福你们的人！"

掉转身子，我走出了病房，合上了那扇门。我立即奔出走廊，冲过候诊室，父亲一下子拦住了我。

"紫菱？"他惊异地喊，"你什么时候来的？"

"爸爸！"我叫着说，"他们刚刚完成了订婚仪式！"

父亲瞪视着我，我挣脱了他，奔出了医院。

一帘幽梦

拾壹

ELEVEN

人生的旅程就是这样的，到处都充满了荆棘，随时都会遭遇挫折，我们没有人能预知未来，也没有人能控制命运。

好几天过去了。

晚上，我独自坐在我的卧室内，对着窗上的珠帘，抱着我的吉他，一遍又一遍地弹着我那支《一帘幽梦》。室内好静好静，父亲母亲都在医院里。楚濂三天前就出了院，现在一定也在医院里陪绿萍。整栋房子剩下了我和阿秀，阿秀可能在楼下她自己的屋里。反正，整座房子都笼罩在一片寂静里。

我的吉他声玎玎玲玲地响着，响一阵，又停一阵，侧着耳朵，我可以听到窗外的风声，簌簌瑟瑟。昨晚下过雨，今晨我到花园里看过，苔青草润，落花遍地。"昨夜雨疏风动，今宵落花成冢，春来春去俱无踪，徒留一帘幽梦！"哦，徒留一帘幽梦！仅仅是"徒留一帘幽梦"而已！我望着珠帘，听着风声，面对着一灯荧然，心中是一片茫然，一片迷惘，一片深深切切的悲愁。啊，什么是人生？什么是命运？是谁在冥冥中主宰着天地万物？

把吉他放在桌上，我开始沉思。事实上，我不知道我在想些什么，因为我脑子里是一片空白。但，我就那样坐着，不知道坐了多久。近来，这种独坐沉思的情况几乎变成了我的日常生活，我能一坐就是一整天，一坐就是一整夜。我已不再哭泣，不再流泪，我只是思想，虽然我什么都想不透。

我坐着，很久很久，直到门铃声突然响了起来。我侧耳倾听，大约是母亲或父亲回来了，我仍然寂坐不动，然后，我听到有脚步声走上楼，再径直走向我的房门口，我站起身子，背靠着书桌，面对着房门。

有人敲门，轻轻的几响。

"进来吧，"我说，"门没有锁。"

门开了，我浑身一震，竟然是楚濂！

他走了进来，把房门在身后合拢，然后，他靠在门上，一眨也不眨地望着我。我僵了、呆了，靠在书桌上，我也一动不动地看着他。我们相对注视，隔了那么远的一段距离，但是，我们几乎可以听到彼此的呼吸，彼此的心跳。我的眼睛睁得很大很大，在心脏的狂跳之下，我知道我一定面无人色。他的眼睛黑而深沉，他的胸腔在剧烈地起伏。他整个人像是胶着在那门上，只是站着，只是望着我。但是，逐渐地，一种深刻的痛楚来到了他的眼睛中，遍布在他的面庞上。当他用这种痛楚的眼光凝视着我时，我觉得颤抖从我的脚下往上爬，迅速地延伸到我的四肢。泪浪一下子就涌进我的眼眶，他整个人都变成了水雾中模糊浮动的影子。

于是，他对我冲了过来，什么话都没有说，他跪了下去，跪在我的脚前，他用手抱住了我的腿，把面颊埋进我的裙褶里。

泪水沿着我的面颊，滴落在他那浓厚的黑发上，我哆嗦着，感到他那温热的泪水，濡湿了我的裙子。

"紫菱，哦，紫菱！"他终于叫了出来。

我用手抱着他的头，一任泪水奔流，我轻声抽噎，什么话都说不出来。

"紫菱，"他仍然埋着头，避免看我，用带泪的声音低诉着，"有一个水晶玻璃的艺术品，完整、美丽。我却不小心把它打破了，弄坏了。于是，我只好把它买下来！我只好！这是唯一一我能做的事！"

他的声音那样凄楚，痛苦，而无助。于是，我也哆嗦着跪下来了，我用手捧着他的头，让他面对着我，我们相对跪着，泪眼相看，只是无语凝噎。好半天，我吸了吸鼻子，对他慢慢地摇了摇头。

"不要解释，楚濂，用不着解释。"

他的眼睛深深地凝视我，然后，他发出一声低喊，对我俯过头来。

我迅速地转开头，避开了。

"哦，紫菱！"他受伤地叫着，"你竟避开我了！好像我是一条毒蛇，再也不配沾到你，好像我会弄脏你，会侮辱了你，好像我已经变了一个人，再也不是当日的楚濂！好像……"

"楚濂，"我制止了他，把头转向另一边，我不敢面对他的眼睛，"一切的情况都已经变了，不是吗？"

"情况是已经变了，但是，我的人并没有变，我的心也没有变，你不必像躲避瘟疫一样地躲开我！"他叫着。

"你要我怎样？"我转回头来，正视着他，呼吸急促地鼓动了我的胸腔，我的声音激动而不稳定，"你即将成为我的姐夫，你已经向我的姐姐求了婚，示了爱，现在，你又要求我继续做你的爱人，可能吗，楚濂？难道因为你闯了祸，撞了车，你反而想——"我重重地喊出来，"一箭双雕了？"

他大大地震动了一下，然后，他对我举起手来，恶狠狠地盯着我。我想，他要打我。但是，他的手停在半空中了，他那凶恶的眼光迅速地变得沮丧而悲切，他的手慢慢地垂了下来，无力地垂在身边。他继续凝视我，失望、伤心、无助和孤苦是清清楚楚地写在他的眼睛里的。他慢慢地垂下了头，然后，他慢慢地站起身来，慢慢地车转身子，他向房门口走去，嘴里喃喃地说：

"你是对的，我已经没有资格，没有资格对你说任何话，没有资格爱你，也没有资格被你所爱！你是对的，我应该离你远远的，最好一生一世都不要见到你，以免——触犯了你！"

他站在门口，伸手触着门柄。

"楚濂！"我尖叫。

他站住了，回过头来，用燃烧着火焰、充满了希望的眸子紧盯着我。哦，天哪！我的楚濂！我深爱着的楚濂，他原是我的生命及一切，不是吗？我站起身来，奔过去，迅速地，我就被他拥进怀里了，他的嘴唇狂热地、饥渴地接触到了我的。我们两人的眼泪混合在一起，呼吸搅热了空气，我们紧紧地拥抱着对方，辗转吸吮，吻进了我们灵魂深处的热爱与需求。

然后，我挣扎着推开了他，挣扎着从他怀抱中解脱了出来，我注视着他，喘息地说：

"现在，楚濂，属于我们的一段已经结束了，今生缘尽于此。以后，我们再见到的时候，你就是绿萍的爱人和绿萍的未婚夫了！现在，你走吧！"

他望着我，深深切切地望着我。

"你的意思是……""我的意思是，"我坚决地说，"我们以往的一段爱情，已经烟消云散，我和你要彻彻底底地斩断这段感情。你，"我加重了语气，"不能和我的姐姐游戏，你要真真正正地去爱她！"

他盯着我。

"你把人生看得多么单纯！"他说，"世界上任何东西都斩得断，只有爱情……"他眼里布满了血丝，"请你告诉我，如何去斩断？"

"请你告诉我，"我重重地说，"那天你跪在我姐姐床前发的誓言，是真是假？"

他喘着气，闭上了眼睛。

"哦！"他低喊，"我发誓的时候就知道，我是掉进万劫不复的地狱里去了！"

"不是的，楚濂，"我含泪说，"绿萍爱你，她真的爱你，你所要做的，只是忘记我，然后试着去爱她。我们都是青梅竹马长大的，绿萍美好而温柔，她配你，并没有辱没你！只要你爱她，你的地狱就会变成天堂！"

他注视了我一段很长很长的时间。

"我想，"他终于开了口，喉音沙哑而悲凉，"我了解你的意思了。紫菱，"他一直望进我的眼睛深处，他哽咽地说，"你是个好女孩，世界上最好最好的女孩，我真不知道，将来谁有幸能够得到你！"

谁有幸吗？我满腹凄凉地想着，可能得到我的人，是世界上最不幸的人呢！凝视着楚濂，我说：

"你知道我最爱你的时候是什么时候吗？"

他摇了摇头。

"是你跪在绿萍床前，说你爱她的时候。"

他看着我。

"那么，"他低声问，"我所做的事，正是你希望我做的事了？"

我默然点头。

"很好，"他凄凉地微笑了一下，"这句话或许可以鼓励我，或许可以支持我以后整个的生命。"

他这语气，他这神态，以及他这微笑和他这句话，都抽痛了我的心脏和神经。但是，我知道我不能再软弱，我知道我和他的一切都已经结束了。只要我稍一软弱，就可能造成永远牵缠不清的纠纷和烦恼。于是，我挺直了背脊，伸手打开了房门。

"你该走了！"我说。

他继续紧盯着我。

"你该走了！"我再说了一遍。

"是的，我该走了！"他点了点头，伸手想抚摩我的面颊，我很快地避开了。于是，他凄然一笑，重重地甩了一下头，说："再见！紫菱！"

"再见！楚濂！"我说。

他再深深地看了我一眼，就转过身子，迅速地奔出了门外，我听着他的脚步声消失在楼梯上，又听着他走出客厅，我跑到窗前，拂开那些珠帘，我望着他的影子很快地穿过花园，他没有回顾，径直走向大门，他开门出去了。走出了我的世界，也走出了我的生命。

那远远传来的关门声震碎了我的心智，我突然整个脱力了。我跌倒在床前面，坐在那儿，我把头埋在床上的被单里，开始不能控制地、沉痛地啜泣了起来。

我一定哭了很久很久，我一定有一段长时间都没有意识和神志，因为我居然没有听到门铃声，也居然没有听到有人走上楼，又直接走进了我屋里，直到那关上房门的声音才震动了我，我茫茫然地转过头来，泪眼模糊地看着那走向我的人影。他在我床沿上坐了下来，一只手温柔地落在我的头发上，一个亲切的声音好温柔好温柔地在我耳边响起：

"好了，紫菱，不要再哭了，你已经哭了一个多小时了！"

我惊愕地仰头望着他，我接触到一对深沉、关切而怜惜的眸子。好几万个世纪以前，曾有一个男人，在我家的阳台上捡到一个"失意"，现在，他又捡到了我。取出一条干净的手帕，他细心地为我拭去颊上的泪痕。我迷茫地、困惑地望着他，口齿不清地问：

"你什么时候来的？"

"我已经来了半个多小时，你的房门开着，我一直站在你房门口。"他说，凝视着我，"我到医院去看过你姐姐，知道你一个人在家，我就忍不住来看看你，我想，"他顿了顿，"我来的时候，楚濂一定刚刚走。"

楚濂，我咬咬嘴唇。是了，一定是阿秀告诉他，楚濂来过。我垂下头，默然不响。由于哭了太久，我仍然止不住那间歇性的抽噎。

他用手托起了我的下巴，整理着我那满头乱发，他的眼光诚挚、温柔，而带着抹鼓励的笑意。

"不要再哭了，瞧，把眼睛哭得肿肿的，明天怎么见人？"

"我不要见人，"我凄楚地说，"我什么人都不要见，我愿意找一个深深的山洞，把自己藏起来。"

"也不要见我吗？"他微笑地问。

"你是例外，费云帆。"我坦率地说。

他的眼睛闪烁了一下。

"为什么？"他不经意似的问。

"你可以把外界的消息传达给我。"

他轻轻一笑。

"你是看得破红尘，还是看不破红尘？"

我颓丧地把胳膊支在床上，用手托住下巴。

"我不觉得这有什么好笑，"我说，一股心酸，泪珠又夺眶而出，"我奇怪你居然笑得出来！"

"好了，紫菱，"他慌忙说，收住了笑，一本正经地望着我，"让我告诉你，人生的旅程就是这样的，到处都充满了荆棘，随时都会遭遇挫折，我们没有人能预知未来，也没有人能控制命运。已经发生过的事情就发生过了，哭与笑都是情绪上的发泄，并没有办法改变已发生的事实。"他抹去我的泪，轻声地说："别哭，小姑娘，我弹吉他给你听好吗？"

"好。"我闷闷地说。

他拿起了桌上的吉他。

"想听什么曲子？"

"有一个女孩名叫'失意'，她心中有无数秘密……"我喃喃地念着，带泪地念着。

"这支曲子不好，让我弹些好听的给你听。如果你听厌了，告诉我一声。"

于是，他开始弹吉他，他先弹了我所深爱的《雨点打在我头上》，然后，他弹了《爱是忧郁的》，接着，他又弹了电影《男欢女爱》的主题曲，再弹了《昨天》和被琼恩·贝兹唱红的民歌《青青家园》……他一直弹了下去，弹得非常用心，非常卖力。我从没有听过他这样专心一致地弹吉他，他不像是在随意弹弹，而像是在演奏。我的注意力不知不觉地被那出神入化的吉他声吸引了，仰着头，我呆呆地望着他。

他凝视着我，面色严肃而专注。他的手指从容不迫地从那琴弦上掠过去，一支曲子又接一支曲子，他脑海里似乎有着无穷尽的曲子，他一直弹下去，一直弹下去，毫不厌烦，毫不马虎，他越弹越有劲，我越听越出神。逐渐地，我心中的惨痛被那吉他声遮掩，我不知不觉地迎视着他那深邃的眸子，而陷进一种被催眠似的状态中。

时间不知道过去了多久，两小时、三小时，或者更长久，我不知道时间，我只知道最后他在弹《一帘幽梦》，反复地弹着那支《一帘幽梦》，他的眼光始终没有离开过我的脸，当他第五遍或第六遍结束了《一帘幽梦》的尾音时，我累了，我听累了，在地板上坐累了，仰着头仰累了……反正，我累了。于是，我长叹了一声，说：

"好了，不要再弹了。"

"你听够了？"他问。

"够了！"

他放下了吉他，挺了挺背脊，他的眼睛深幽幽地盯着我的脸庞。

"你总算听够了，"他说，"你知道我弹了多久？"

我摇摇头。

他伸出他按弦的手指来，于是，我惊骇地发现，他每个手指都被琴弦擦掉了一层皮，而在流着血。他竟流着血弹了三小时的吉他！我睁大眼睛，望着他那受伤的手指，我目瞪口呆而张口结舌。

"你的吉他没有好好保养，你忘了上油，"他笑着说，"我又太久没有这样长时间'演奏'过了，否则，也不至于磨破手指。"

"可是，你……你……为什么要一直……一直弹下去？你……你为什么不停止？"我哽噎着问。

"因为你没有叫我停止。"他说，静静地望着我。

我摇头。

"我不懂。"我蹙着眉说。

"因为我想治好你的眼泪。"他再说。

"我还是不懂。"我依然摇头。

"那么，让我告诉你吧！"他的声音突然变得粗鲁而沙哑，"我只是想让你明白一件事情，傻瓜！天下的男人并不止楚濂一个！"

我那样震惊，那样意外，那样莫名其妙地感动。我凝视着他，费云帆，那个在阳台上捡到我的男人！那个永远在我最失意的时候出现的男人！我的眼眶潮湿了，我用手轻轻去握他那受伤的手指。他想"治好"我的眼泪，却反而"勾出"了我的眼泪，我啜泣着说：

"你是我的小费叔叔！"

"不，"他低语，"我不是你的叔叔，如果你不认为我是乘虚而入，如果你不认为我选的时间不太对，如果你还不认为我太讨厌，或太老，我希望——你能接受我做你的丈夫！"

我惊跳，眼睛瞪得好大好大。

"你——你——"我结舌地说，"你一定不是认真的，你不知道你在说些什么。"

"我很认真，这些年来，我从没有对一件事这样认真过。"他一本正经地说，那样深沉而恳挚地望着我，"我知道我在说什么，也知道我在做什么。我很明白这并不是个求婚的好时间，但我不愿放弃这个机会。"

"可是……可是……"我讷讷地说,"你为什么要向我求婚?你明知道……明知道我爱的不是你!"

他微微震动了一下,然后,他握住了我的双手。

"不要考虑我为什么,"他说,"只要考虑你愿不愿意嫁我,好吗?"

"我不懂,"我拼命摇头,"我完全不了解你。费云帆,即使你可怜我、同情我,你也不必向我求婚!"

"你有没有想过,"他微笑起来,"我可能爱上了你?"

我蹙紧眉头,仔细地望着他的脸。

"那是不可能的事!"我说。

"为什么?"

"你有那么丰富的人生经验,你遇到过各种各样的女人,你见过最大的世面,你不可能会爱上一个像我这样什么都不懂的小女孩。"

他沉默了一会儿。

"如果你不是傻瓜,那么我就是傻瓜!"他诅咒似的喃喃低语。然后,他重新正视着我:"好了,紫菱,我只要告诉你,我的求婚是认真的。你不必急着答复我,考虑三天,然后,告诉我你是愿意还是不愿意。假若你同意了,我们可以马上举行婚礼,然后,我带你到欧洲去。"

"欧洲?"我一愣,那似乎是一个很遥远很遥远的地方,似乎在这个星球以外的地方,似乎和一个无人所知的山洞并没有什么不同……我可以走得远远的,躲开绿萍,躲开楚濂,躲开这一切的一切……

费云帆紧紧地盯着我,观察着我,显然,我的思想并没有逃过他锐利的目光。

"是的,欧洲,"他说,"那是另一个世界,你可以逃开台北这所有的烦恼和哀愁。"

我困惑地看着他。

"我不知道……"

他紧握了我的手一下。

"现在不必回答我，等你好好地睡一觉，好好地想过再说。"他顿了顿，"再有，别被我的历史吓倒，我发誓，我会做个好丈夫。"

"但是……但是……"我仍然嗫嚅着，"我并不爱你呀！"

他再度微微一震。

"楚濂也不爱绿萍，对吗？"他说，"人们并不一定为爱情而结婚，是吗？"

楚濂，我心中猛然一痛。

"我被你搅糊涂了，"我迷乱地说，"我仍然不明白这是怎么一回事。我不知道这事对不对，爸爸妈妈不会赞成的……"

"别考虑那么多，行不行？"他忍耐地说，直视着我的眼睛，"只要考虑一件事，你愿不愿意嫁给我，跟我到欧洲去。其他的问题，是我的，不是你的，懂吗？"

我茫然地瞪视着他。

他深深地注视着我，接着，他低叹了一声，站起身来。

"你仔细地想想吧！紫菱！"

我蹙紧眉头。

"我等你的答复！"他再说，"但是，请求你，不要让我等待太久，因为等待的滋味并不好受！"

我仰头望着他。

"你要走了吗?"我问。

"夜已经很深了,你父母快要回来了。"他说,"今晚别再伤脑筋了,明天好好地想一想。我希望——"他歪了歪头,难以觉察地微笑了一下,望了望窗上的珠串,"有一天,我能和你'共此一帘幽梦'!"

他走过来,俯下身子,很绅士派头地在我额上轻轻地印下一吻,然后,他转身走出了我的房间。

我仍然呆呆地坐着,像被催眠般一动也不动。

一帘幽梦

拾贰

TWELVE

我像是个暴风雨中的小舟，突然驶进了一个避风的港口，说不出来地轻松，也有
份说不出来的倦怠。

　　一连三天，我都神志迷乱而精神恍惚。这些日子来，绿萍的受伤，楚濂的抉择，以至费云帆对我提出的求婚这接二连三的意外事故，对我紧紧地包围过来，压迫过来，使我简直没有喘息的机会。费云帆要我考虑三天，我如何考虑？如何冷静？如何思想？我像一个漂荡在茫茫大海中的小舟，根本不知道什么是我的目标、什么是我的方向。我迷失了，困惑了，我陷进一种深切的、无边无际的迷惘里。

　　为了避免再见到楚濂，更为了避免看到楚濂和绿萍在一起，我开始每天上午去医院陪伴绿萍，因为楚濂已恢复了上班，他必须在下班后才能到医院里来。绿萍在逐渐复原中，她的面颊渐渐红润，精神也渐渐振作起来了。但是，每天清晨，她从张开眼睛的时间开始，她就在期待着晚上楚濂出现的时间。她开始热心地和我谈楚濂，谈那些我们童年的时光，谈那些幼年时的往事，也谈他们的未来。她会紧张地抓住我的手，问：

　　"紫菱，你想，楚濂会忍受一个残废的妻子吗？你想他会不会永远爱我？你想他会不会变心？你觉得我该不该拒绝这份感情？你认为他是不是真的爱我？"

　　要答复这些问题，对我是那么痛苦那么痛苦的事情，每一句问话都像一根鞭子，从我的心上猛抽过去，但我却得强颜欢笑，努力控制自己的情绪，用充满了信心的声调说：

"你怎么可以怀疑楚濂？他从小就不是个说话不负责任的人！"

然后，回到家中，一关上房门，我就会崩溃地倒在床上，喃喃地、辗转地低声呼喊：

"天哪！天哪！天哪！"

不再见楚濂，那几天我都没有见到楚濂。费云帆也没来看我，他显然想给我一份真正安静思索的时间，可是，我的心情那样混乱，我的情绪那样低落，我如何去考虑、思想呢？三天过去了，我仍然对于费云帆求婚的事件毫无真实感，那像个梦，像个儿戏……我常独坐窗前，抱着吉他，迷迷糊糊地思索着我的故事，不，是我们的故事，我、绿萍、楚濂和费云帆。于是，我会越想越糊涂，越想越昏乱，最后，我会丢掉吉他，用手抱紧了头，对自己狂乱地喊着：

"不要思想！不要思想！停止思想！停止思想！思想，你是我最大的敌人！"

思想是我的敌人，感情，又何尝不是？它们联合起来，折磨我，碾碎我。

第四天晚上，费云帆来了。

他来的时候，母亲在医院里，父亲在家，却由于太疲倦而早早休息了。我在客厅里接待了他。

我坐在沙发上，他坐在我的身边，他的眼睛亮晶晶地盯着我。这已经是春末夏初的季节了，他穿着件全黑的衬衫，外面罩了件黄蓝条纹的外套，全黑的西服裤，他看来相当地潇洒和挺拔，我第一次发现他对服装很讲究，而又很懂得配色和穿的艺术。他斜靠在椅子里，伸长了腿，默默地审视着我，他的头发浓而黑，眉毛也一样黑，眼睛深沉而慧黠，我又第一次发现，他是个相当男性的、相当具有吸引力的男人！

"你在观察我，"他说，迎视着我的目光，"我脸上有什么特殊的东西吗？"

"有的。"我说。

"是什么？"

"我发现你长得并不难看。"

"哦？"他的眉毛微微扬了扬。

"而且，你的身材也不错。"

他的眉毛扬得更高了，眼睛里闪过一抹不安和疑惑。

"别绕圈子了，"他用鼻音说，"你主要的意思是什么？"

"一个漂亮的、颇有吸引力的、有钱的、有经验的、聪明的男人，在这世界上几乎可以找到最可爱的女人，他怎会要个失意的、幼稚的、一无所知的小女孩？"

他的眼睛闪着光，脸上有种奇异的神情。

"我从不知道我是漂亮的、有吸引力的或聪明的男人，"他蹙起眉头看我，"我是不是应该谢谢你的赞美？还是该默默承受你的讽刺？"

"你明知道我没有讽刺你，"我严肃地说，"你也明知道我说的是实话。"

他注视了我好一会儿。

"好吧，"他说，"让我告诉你为什么好吗？"

"好的。"

"因为你不是个幼稚的、一无所知的小女孩。你善良、美好、纯真，充满了智慧与热情，有思想，有深度，你是我跑遍了半个地球，好不容易才发现的一颗彗星。"

"你用了太多的形容词，"我无动于衷地说，"你经常这样去赞美女孩子吗？你说得这么流利，应该是训练有素了？"

他一震，他的眼睛里冒着火。

"你是个无心无肝的冷血动物！"他咬牙说。

"很好，"我闪动着眼睑，"我从不知道冷血动物和彗星是相同的东西！"

他瞪大眼睛，接着，他就失笑了。不知怎的，他那笑容中竟有些寥落，有些失意，有些无可奈何。他那一大堆的赞美词并未打动我，相反，这笑容却使我心中猛地一动，我深深地看着他，一个漂亮的中年男人！他可以给你安全感，可以带你到天涯海角。我沉吟着，他取出了烟盒，燃上了一支烟。

"我们不要斗嘴吧，"他说，喷出一口浓浓的烟雾，"你考虑过我的提议吗？"

我默然不语。

"或许，"他不安地耸了耸肩，"你需要更长的一段时间来考虑？"

"我不需要，"我凝视他，"我现在就可以答复你！"

他停止了吸烟，盯着我。

"那么，答复吧！愿意或不愿意？"

"不愿意。"我很快地说。

他沉默片刻，再猛抽了一口烟。

"为什么？"他冷静地问。

"命运似乎注定要我扮演一个悲剧的角色，"我垂下眼帘，忽然心情沉重而萧索，"它已经戏弄够了我，把我放在一个深不见底的枯井里，让我上不能上、下不能下。我自己去演我的悲剧没有关系，何苦要把你也拖进去？"

他熄灭了那支几乎没抽到三分之一的烟。

"听我说，紫菱，"他伸手握住了我的双手，他的手温暖而有力，"让我陪你待在那枯井里吧，说不定我们会掘出甘泉来。"

他的语气撼动了我，我抬眼看他，忽然泪眼凝注。

"你真要冒这个险，费云帆？"

"我真要。"他严肃地说，眼光那么温柔，那么温柔地注视着我，使我不由自主地落下泪来。

"我不会是个能干的妻子。"我说，"我不会做家务，也不会烧饭。"

"我不需要管家，也不需要厨子。"他说。

"我不懂得应酬。"

"我不需要外交官。"

"我也不懂得你的事业。"

"我不需要经理。"

"那么，"我可怜兮兮地说，"你到底需要什么？"

"你。"他清晰地说，眼光深邃，一直望进我的灵魂深处，"只有你，紫菱！"

一串泪珠从我眼中滚落。

"我很爱哭。"我说。

"你可以躺在我怀里哭。随你哭个够。"

"我也不太讲理。"

"我会处处让着你。"

"我的脾气很坏，我又很任性。"

"我喜欢你的坏脾气，也喜欢你的任性。"

"我很不懂事。"

"我不在乎，我会宠你！"

我睁大眼睛，透过泪雾，看着他那张固执而坚定的脸，然后，我轻喊了一声，说：

"你这个大傻瓜！如果你真这么傻，你就把我这个没人要的小傻瓜娶走吧！"

他用力握紧我的手，然后，他轻轻地把我拉进了他怀里，轻轻地用胳膊圈住了我，再轻轻地用他的下巴贴住我的鬓角，他就这样温温存存地搂着我。好久好久，他才俯下头来，轻轻地吻住了我的唇。

片刻之后，他抬起头来，仔细地审视着我的脸，他看得那样仔细，似乎想数清楚我有几根眉毛或几根睫毛。接着，他用嘴唇吻去我眼睫上的泪珠，再温柔地、温柔地拭去我面颊上的泪痕，他低语着说：

"你实在是个很会哭的女孩子，你怎么会有那么多的眼泪呢？但是，以后我要治好你，我要你这张脸孔上布满了笑，我要你这份苍白变成红润，我要你……天哪，"他低喊，"这些天来，你怎么消瘦了这么多！我要你胖起来！我要你快活起来！"他把我的头轻轻地压在他肩上，在我耳边再轻语了几句，"我保证做你的好丈夫，终我一生，爱护你，照顾你。紫菱，我保证，你不会后悔嫁给了我。"

忽然间，我觉得自己那样渺小，那样柔弱。我觉得他的怀抱那样温暖，那样安全。我像是个暴风雨中的小舟，突然驶进了一个避风的港口，说不出来地轻松，也有份说不出来的倦怠。我懒洋洋地依偎着他，靠着他那宽阔的肩头，闻着他衣服上布料的气息，和他那剃胡水的清香，我真想这样靠着他，一直靠着他，他似乎有足够的力量，即使天塌下来，他也能撑住。我深深叹息，费云帆，他应该是一个成熟的、坚强的男人！我累了，这些日子来，我是太累太累了。我闭上眼睛，喃喃地低语：

"费云帆，带我走，带我走得远远的！"

"是的，紫菱。"他应着，轻抚着我的背脊。

"费云帆，"我忽然又有那种梦似的、不真实的感觉，"你不是在和我儿戏吧？"

他离开我，用手托着我的下巴，他注视着我的眼睛。

"婚姻是儿戏吗？"他低沉地问。

"可是，"我讷讷地说，"你曾经离过婚，你并不重视婚姻，你也说过，你曾经把你的婚姻像垃圾般丢掉。"

他震颤了一下。

"所以，人不能有一点儿错误的历史。"他自语着，望着我，摇了摇头，"相信我，紫菱，人可以错第一次，却不会错第二次！"

他说得那样恳切，那样真挚，他确实有让人信任的力量。我凝视他，忍不住又问：

"你确实知道你在做什么吗？"

"我不是小孩子了，紫菱。"

"可是，我是不愿欺骗你的，"我轻蹙着眉，低低地说，"你知道我爱的人是……"

他很快地用嘴唇堵住我的嘴，使我下面的话说不出口，然后，他的唇滑向我的耳边，他说：

"我什么都知道，不用说，也不要说，好吗？"

我长长地叹了一口气，然后，我又把头倚在他肩上，我叹息着说：

"我累了。"

"我知道。"

他抱紧了我，我就静静地依偎在他怀里，我们并排挤在沙发中，我又闭上了眼睛，就这样依偎着，静静地，静静地，我听得见他的心跳。他的手绕着我的脖子，他的头紧靠着我的。最近，我从没有这样宁静过，从没有这样陷入一种深深的静谧与安详里。

不知多久以后，他动了动，我立即说：

"不要离开我！"

"好的，"他静止不动，"我不离开。可是，"他温存地、轻言细语地说，"你母亲回来了！"

我一怔，来不及去细细体味他这句话，客厅的玻璃门已经一下子被打开了！我居然没有听到母亲用钥匙开大门的声音，也没有听到她穿过花园的脚步声。我的意识还没清醒以前，母亲已像看到客厅里有条恐龙般尖叫了起来：

"哎呀！紫菱！你在做什么？"

我从费云帆的怀里坐正了身子，仰头望着母亲，那种懒洋洋的倦怠仍然遍布在我的四肢，我的心神和思想也仍然迷迷糊糊的，我慢吞吞地说了句：

"哦，妈妈，我没有做什么。"

"没有做什么？"母亲把手提包甩在沙发上，气冲冲地喊着，"费云帆！你解释解释看，这是什么意思？"

　　"不要叫，"费云帆安安静静地说，"我正预备告诉你，"他清晰地、一字一字地吐了出来，"我要和紫菱结婚了！"

　　"什么？"母亲大叫，眼睛瞪得那么大，她一眨也不眨地望着我们，"你说什么？"

　　"我要和紫菱结婚，"费云帆重复了一次，仍然维持着他那平静而安详的语气，"请求您答应我们。"

　　母亲呆了，傻了，她像化石般站在那儿，一动也不动。她的眼睛睁得又圆又大，像看一对怪物般看着我和费云帆。然后，她忽然清醒了，忽然明白了过来。立刻，她扬着声音，尖声叫着父亲的名字：

　　"展鹏！展鹏！你还不快来！展鹏！展鹏！……"

　　她叫得那样急，那样尖锐，好像是失火了。于是，父亲穿着睡衣，跌跌撞撞地从楼上跑了下来，带着满脸的惊怖，一迭连声地问：

　　"怎么了？绿萍怎么了？怎么了？绿萍怎么了？"

　　他一定以为是绿萍的伤势起了变化，事实上，绿萍已经快能出院了。母亲又叫又嚷地说：

　　"不是绿萍，是紫菱！你在家管些什么？怎么允许发生这种事？"

　　"紫菱？"父亲莫名其妙地看着我，"紫菱不是好好的吗？这是怎么回事？"

　　"让我来说吧，"费云帆站起身来，往前跨了一步，"我想请求你一件事。"

　　"怎么？怎么？"父亲睡眼惺忪，完全摸不着头脑，"云帆，你又有什么事？"

"我的事就是紫菱的事，"费云帆说，"我们已经决定结婚了！"

父亲也呆了，他的睡意已被费云帆这句话赶到九霄云外去了。他仔细地看了费云帆一眼，再转头望着我，他的眼光是询问的、怀疑的、不信任的，而且，还带着一抹深刻的心痛和受伤似的神情。好半天，他才低声地问我：

"紫菱，这是真的吗？"

"是真的，爸爸！"我轻声回答。

"好呀！"母亲又爆发般地大叫了起来，"费云帆，你真好，你真是个好朋友！你居然去勾引一个还未成年的小女孩！我早就知道你对紫菱不安好心，我从一开始就知道！你自以为有钱、有经验，你就把紫菱玩弄于股掌之上！你下流，卑鄙！"

"慢着！"费云帆喊，他的脸色一下子变得雪白，"你们能不能听我讲几句话！"

"你还有话好说？你还有脸说话？"母亲直问到他脸上去，"你乘人之危，正在我们家出事的时候，没有时间来顾到紫菱，你就勾引她……"

"舜涓！"父亲喊，"你不要说了，让他说话！"他严厉地盯着费云帆，"你说吧，云帆，说个清楚，这到底是怎么一回事？"

"我要说的话非常简单，"费云帆沉着脸，严肃地、郑重地、清晰地、稳定地说，"我对紫菱没有一丝一毫玩弄的心理，我发誓要爱护她、照顾她，我请求你们允许我娶她做我的妻子！"

"请求！"母亲大声喊，"你是说请求吗？"

"是的！"费云帆忍耐地说。

"那么，我也给你一个很简单的答复，"母亲斩钉截铁地说，"不行！"

费云帆深深地望着母亲。

"我用了请求两个字，"他低沉地说，"那是由于我对你们两位的尊重。事实上，这是我和紫菱两个人间的私事，只要她答应嫁给我，那么，你们说行，我很感激，你们说不行，我也一样要娶她！"

"天呀！"母亲直翻白眼，"这是什么世界？"她注视着父亲，气得发抖，"展鹏，都是你交的好朋友！你马上打电话给云舟，我要问问他！"

"不用找我的哥哥，"费云帆挺直着背脊，坚决地说，"即使你找到我的父亲，他也无法阻止我！"

"啊呀！"母亲怪叫，"展鹏，你听听！你听听！这是什么话？啊呀，我们家今年是走了什么霉运，怎么所有倒霉的事都集中了？"

"舜涓，你冷静一下！"父亲用手掠了掠头发，努力地平静着他自己，他直视着费云帆，他的眼光是深思的、研判的、沉重的，"告诉我，云帆，你为什么要娶紫菱？你坦白说！理由何在？"

费云帆沉默了几秒钟。

"我说坦白的理由，你未见得会相信！"他说。

"你说说看！"

费云帆直视着父亲。

"我爱她！"他低声说。

"爱？"母亲又尖叫了起来，"他懂得什么叫爱？他爱过舞女，酒女，吧女，爱过成千成万的女人！爱，他懂得什么叫爱……"

"舜涓！"父亲喊，阻止了母亲的尖叫。他的眼光一直深沉地、严肃地打量着费云帆。这时，他把眼光转到我身上来了。他走近了我，仔细地凝视我，我在他的眼光下瑟缩了，蜷缩在沙发上，我像个做错了事的小孩，被动地看着他。他蹲下了身子，握住了我的手，他慈爱地、温柔地叫了一声："紫菱！"

泪水忽然又冲进了我的眼眶，我本就是个爱哭的女孩。我含泪望着我那亲爱的父亲。

"紫菱，"他亲切地、语重心长地说，"我一直想了解你，一直想给予你最充分的自由。你不愿考大学，我就答应你不考大学，你要学吉他，我就让你学吉他，你喜欢文学，我给你买各种文学书籍……我一切都迁就你，顺着你。但是，这次，你确实知道你在做什么吗？"

我抬眼看了看费云帆，我立即接触到他那对紧张而渴求的眸子，这眼光使我的心猛然一跳。于是，我正视着我的父亲，低声地回答：

"我知道，爸爸。"

"你确实知道什么叫爱情吗？"父亲再问。

我确实知道什么叫爱情吗？天哪！还有比这更残酷的问题吗？泪水涌出了我的眼眶，我啜泣着说：

"我知道，爸爸！"

"那么，你确定你爱费云帆吗？"

哦！让这一切快些过去吧！让这种"审问"赶快结束吧！让我逃开这所有的一切吧！我挣扎着用手蒙住了脸，我哭泣着、颤抖着喊：

"是的！是的！是的！我爱他！爸爸，你就让我嫁给他吧！你答应我吧！"

父亲放开了我，站直了身子，我听到他用苍凉而沉重的声音，对费云帆说：

"云帆，我做梦也没想过，你会变成我的女婿！现在，事已至此，我无话可说……"他咬牙，好半天才继续下去，"好吧！我把我的女儿交给了你！但是，记住，如果有一天你欺侮了紫菱，我不会饶过你！"

"展鹏！"母亲大叫，"你怎么可以答应他？你怎么可以相信他？他如何能做我们的女婿？他根本比紫菱大了一辈！不行！我反对这事！我坚决反对……"

"舜涓，"父亲拖住了母亲，"现在的时代已不是父母做主的时代了，他们既然相爱，我们又能怎样呢？"他重新俯下身子看我，"紫菱，你一定要嫁给他，是吗？"

"是的，爸爸。"

"唉！"父亲长叹一声，转向费云帆，"云帆，你是我的好朋友，但我却不知道你是不是个好女婿！"

"你放心，"费云帆诚恳地说，"我绝不会亏待紫菱，而且，我谢谢你，由衷地谢谢你。"

"不行！"母亲大怒，狂喊着说，"展鹏，女儿不是你一个人的，你答应，我不答应！我绝不能让紫菱嫁给一个离过婚的老太保！费云帆，"她狂怒地对费云帆说，"别以为你的那些历史我不知道！你在罗马有个同居的女人，对吗？你在台湾也包过一个舞女，对吗？你遗弃了你的妻子，对吗？你……"

"舜涓！"父亲又打断了她，"你现在提这些事有什么用？翻穿了他的历史，你也未见得阻止得了恋爱！"

"可是，你就放心把紫菱交给这样一个男人？"

"事实上，不管交给谁，我们都不会放心，不是吗？"父亲凄凉地说，"因为我们是父母！但是，我们总要面临孩子长大的一天，总要去信任某一个人，或者，去信任爱情！绿萍残疾了，她已是个永不会快乐的孩子了，我何忍再去剥夺紫菱的快乐？”

父亲的话，勾起了我所有的愁肠，又那样深深地打进我的心坎里，让我感动，让我震颤，我忍不住放声痛哭了，为我，为绿萍，为父亲……为我们的命运而哭。

“走吧！”父亲含泪拉住母亲，“我们上楼去，我要和你谈一谈，也让他们两个谈一谈。”他顿了顿，又说：“云帆，你明天来看我，我们要计划一下，不是吗？”

“是的。”费云帆说。

母亲似乎还要说话，还要争论，还要发脾气，但是，她被父亲拖走了，终于被父亲拖走了。我仍然蜷缩在沙发里哭泣，泪闸一开，似乎就像黄河泛滥般不可收拾。

于是，费云帆走了过来，坐在我身边，他用胳膊紧紧地拥住了我，他的声音温存、细腻而歉疚地在我耳边响起：

“紫菱，我是那么那么地抱歉，会再带给你这样一场风暴，现在，一切都过去了，以后，什么都会好好的，我保证！紫菱！”

我把头埋进了他的怀里，啜泣着说：

“费云帆，你不会欺侮我吧？”

“我爱护你还来不及呢，真的。”他说。

我抬起头来，含泪看他。

“那是真的吗？”我问。

“什么事情？”

“妈妈说的，你在罗马和台湾的那些女人。”

他凝视我，深深地、深深地凝视我，他的眼神坦白而真挚，带着抹令人心痛的歉意。

"我是不是必须回答这个问题？"他低问。

我闭了闭眼睛。

"不，不用告诉我了。"我说。

于是，他一下子拥紧了我，拥得那么紧那么紧，他把头埋在我的耳边，郑重地说：

"以前种种譬如昨日死！从今起，是个全新的我，相信我，我绝不会做任何对不起你的事情！"

一
帘
幽
梦

拾叁

THIRTEEN

当我把手伸给他，让他套上那枚婚戒时，我是非常虔诚，非常虔诚的，我心里甚至没有想到楚濂。

四月底，绿萍出了院，她是坐在轮椅上回家的，那张轮椅是父亲为她所特制，全部是不锈钢的，操作简便而外形美观，但是，它给我的感觉却冷酷而残忍——因为，那是一张轮椅。

楚濂和绿萍的婚礼定在五月一日，为了不要抢在绿萍之前结婚，我和费云帆的婚期选定了五月十五。同一个月里要嫁掉两个女儿，而且是唯有的两个女儿，我不知道父母的心情是怎样的。母亲从一个活泼、开朗的女人，一变而为沉默寡言了。那些日子，她忙着给绿萍准备嫁妆，准备新娘的礼服，她常常和楚伯母在一起，我好几次看到她泪汪汪地倒在楚伯母的肩上，喃喃地说：

"心怡！心怡！看在我们二十几年的交情上，担待绿萍一些！"

"你放心，舜涓，"楚伯母诚挚地说，"绿萍一点点大的时候，我们就开过玩笑，说要收她做我的儿媳妇，没料到这话终于应验了，我高兴还来不及呢！绿萍那么美丽，那么可爱……我发誓像爱自己的女儿一样爱她！"

我不知道大人们的心目里到底怎么想，无论如何，这件婚事多少有点儿勉强，多少有点儿不自然，更真切的事实是：轮椅上的婚礼，无论如何是件缺陷。可是，楚家的筹备工作却无懈可击。本来，楚伯伯和楚伯母的观念都是儿女成家立业后，就该和父母分开住。但是，因为绿萍行动不便，他们把楚濂的新房布置在自己家里，又为了免得绿萍上下楼的不便，他们从一层八楼公寓迁入一栋西式的花园洋房里，那房子有两层楼，楚伯伯夫妇和楚漪都住在楼上，而在楼下布置了两间精致而豪华的房间给绿萍和楚濂。我被硬拉到新房里去参观过，面对着那间粉红色的卧室、窗帘、床单、地毯……我心中所有的，只是一片纯白色的凄凉。

和楚濂他们对比，我和费云帆似乎是被人遗忘了的一对，好在我极力反对铺张的婚礼和一切形式主义。我们也没有准备新房，因为费云帆预备婚后立刻带我去欧洲，假若无法马上成行，我们预备先住在酒店里。这些日子，我们已预先填妥了婚书，他正在帮我办签证和护照。所以，在填妥结婚证书那天，在法律上，我已经成为费云帆的妻子。我说不出来我的感觉，自从绿萍受伤以后，我就像个失魂少魄的幽灵，整日虚飘飘的，所有发生的事，对我都仍然缺乏着真实感。

绿萍回家后，我似乎很难躲开不见楚濂了。可是，费云帆是个机警而善解人意的怪物，他总在楚濂刚刚出现的时间内也出现，然后，就把我带了出去，不到深夜，不把我送回家来。他常和我并坐在他那间幽雅的餐厅内，为我叫一杯"粉红色的香槟"，他经常嘲笑我第一次喝香槟喝醉了的故事。斜倚在那卡座内，他燃着一支烟，似笑非笑地望着我，他会忽然问我：

"你今年几岁了，紫菱？"

"二十岁。"

"认识你的时候，你还只有十九。"他说。

"已经又是一年了，人不可能永远十九岁。"

"所以，我现在比你大不到一倍了！"他笑着。

我望着他，想着去年初秋的那个宴会，想着那阳台上的初次相遇，想着那晚我们间的对白……我惊奇他居然记得那些个小节，那些点点滴滴。那时候，我怎会料到这个陌生人有朝一日，会成为我的丈夫。我凝视他，啜着那粉红色的香槟：

"大不到一倍，又怎样呢？"

"感觉上，我就不会比你老太多！"他说，隔着桌子，握住我的手，"紫菱，希望我配得上你！"

我的眼睛蒙上了一层雾气。

"我只希望我配得上你。"我低低地说。

"怎么，"他微微一笑，"你这个充满了傲气的小东西，居然也会谦虚起来了！"

"我一直是很谦虚的。"

"天地良心！"他叫，"那天在阳台上就像个大刺猬，第一次和你接触，就差点被你刺得头破血流！"

我扑哧一声笑了起来。

"哈！好难得，居然也会笑！"他惊叹似的说，完全是那晚在阳台上的口气。我忍不住笑得更厉害了，笑完了，我握紧他的手，说：

"费云帆，你真是个好人。"

他的眼睛深邃而黝黑。

"很少有人说我是好人，紫菱。"他说。

我想起母亲对他的评价，我摇了摇头。

"你不能要求全世界的人对你的看法都一致。"我说，"但是，我知道，你是个好人。"

"你喜欢好人呢，还是喜欢坏人呢？"他深思地问。

我沉思了一下。

"我喜欢你！"我坦白地说。

他的眼睛闪了闪，一截烟灰落在桌布上了。

"能对'喜欢'两个字下个定义吗？"他微笑着。

我望着他，一瞬间，我在他那对深沉的眸子里似乎读出了很多很多的东西，一种崭新的、感动的情绪征服了我，我不假思索地，由衷地，吐出了这些日子来，一点一滴积压在我内心深处的言语：

"我要告诉你，费云帆，我将努力地去做你的好妻子，并且，不使你的名字蒙羞。以往，关于我的那些故事都过去了，以后，我愿为你而活着。"

他紧紧地盯着我，一句话也不说，好久好久，他熄灭了烟蒂，轻轻地握起我的手来，把他的嘴唇压在我的手背上。

那晚，我们之间很亲密，我第一次觉得，我和他很接近很接近，也第一次有了真实感，开始发现他是我的"未婚夫"了。离开餐厅后，他开着车带我在台北街头兜风，一直兜到深夜，我们说的话很少，但我一直依偎在他的肩头上，他也一直分出一只手来揽着我。

午夜时分，在我家门口吻别我时，他才低低地在我耳边说了几句：

"紫菱，今晚你说的那几句话，是我一生听过的最动人的话，我不敢要求你说别的，或许，有一天，你会对我说一句只有三个字的话，不过，目前，已经很够了，我已经很满足了！"

他走了，我回到屋里，心中依然恍恍惚惚的，我不知道他所说的"只有三个字的话"，是什么，或许我知道，但我不愿深入地去想。我觉得，对费云帆，我能做到这一步，已经到了我的极限了，他毕竟不是我初恋的情人，不是吗？

虽然我竭力避免和楚濂见面，虽然费云帆也用尽心机来防范这件事，但是，完全躲开他仍然是件做不到的事情。这天深夜，当我返家时，他竟然坐在我的卧室里。

"哦，"我吃了一惊，"你怎么还没回家？"

"谈谈好吗，紫菱？"他憋着气说，"我做了你的姐夫，和你也是亲戚，你总躲不了我一辈子！"

"躲得了的，"我走到窗前，用手拨弄着窗上的珠串，轻声地说，"我要到欧洲去。"

"你是为了去欧洲而嫁给费云帆吗？"他问。

我皱皱眉头，是吗？或许是的。我把头靠在窗棂上，机械化地数着那些珠子。

"这不关你的事，对不对？"我说。

他走近我。

"你别当傻瓜！"他叫着，伸手按在我肩上。"你拿你的终身来开玩笑吗？你少糊涂！他是个什么人？有过妻子，有过情妇，有过最坏的记录，你居然要去嫁给他！你的头脑呢？你的理智呢？你的……"

我甩开了他的手，怒声说：

"住口！"

他停止了，瞪着我。

"别在我面前说他一个字的坏话，"我警告地、低沉地说，"也别再管我任何的事情，知道吗，楚濂？我要嫁给费云帆，我已经决定嫁给他，这就和你要娶绿萍一样是不可更改的事实！你再怎么说也没有用，知道了吗，我亲爱的姐夫？"

他咬紧牙，瞪着眼看我，他眼底冒着火，他的声音气得发抖。

"你变了，紫菱，"他说，"你变了！变得残忍，变得无情，变得没有思想和头脑！"

"你要知道更清楚的事实吗？"我冷然地说，"我是变了，变成熟了，变冷静了，变清醒了！我想，我已经爱上了费云帆，他是个漂亮的、风趣的、有情趣又有吸引力的男人！我并不是因为你娶绿萍而嫁他，我是为了我自己而嫁他，你懂吗？"

他重重地喘气。

"再要说下去，"他说，"你会说你从没有爱过我！对吗？"

"哈！"我冷笑，"现在来谈这种陈年老账，岂不滑稽？再过三天，你就要走上结婚礼堂了，一个月后的现在，我大概正在巴黎的红磨坊中喝香槟！我们已经在两个世界里了。爱？爱是什么东西？你看过世界上有永不改变的爱情吗？我告诉你，我和你的那一段早就连痕迹都没有了！我早就忘得干干净净了！"

"很好！"他的脸色铁青，转身就向屋外走，"谢谢你告诉我这些！恭喜你的成熟、冷静和清醒！再有，"他站在门口，恶狠狠地望着我，"更该要恭喜的，是你找到了一个有钱的阔丈夫！可以带你到巴黎的红磨坊中去喝香槟！"

他打开门，冲了出去，砰然一声把门合拢。我呆呆地站在那儿，呆呆地看着那房门，心中一阵剧烈的抽痛之后，剩下的就是一片空茫和一片迷乱。我还来不及移动身子，房门又开了，他挺直地站在门口，他脸上的愤怒已消失了，取而代之的，是一层深切的悲哀和刻骨的痛楚。他凝视我，凄凉地、温柔地说：

"有什么用呢，紫菱？我们彼此说了这么多残忍的话，难道就能让我们遗忘了对方吗？我是永不会忘记你的，随你怎么说，我永不会忘记你！至于你呢？你就真能忘记了我吗？"

他摇摇头，叹了口长气。不等我回答，他就重新把门一把关上，把他自己关在门外，他走了。我听到他的脚步声消失在楼梯上了。

我和楚濂的故事，就真这样结束了吗？我不知道。人类的故事，怎样算是结束，怎样算是没有结束？我也不知道。但是，三天后，我参加了他和绿萍的婚礼。

非常巧合，在婚礼的前一天，绿萍收到了从美国麻省理工学院寄来的信，他们居然给予了她高额的奖学金，希望她暑假之后就去上课。绿萍坐在轮椅上，沉默地看着那封信，父亲和母亲都站在一边，也沉默地望着她。如果她没有失去一条腿，这封信将带来多大的喜悦和骄傲，现在呢？它却像个讽刺，一个带着莫大压力的讽刺。我想，绿萍可能会捧着那通知信痛哭，因为她曾经那样渴望着这封信！但是，我错了，她很镇静、很沉默，有好长的一段时间，她只是对着那封信默默地凝视。然后，她拿起那份通知来，把它轻轻地撕作两半，再撕作四片，再撕成八片，十六片……只一会儿，那封信已碎成无数片了。她安静地抬起头来，勇敢地挺了挺背脊，回头对母亲说：

"妈，你不是要我试穿一下结婚礼服吗？你来帮我穿穿看吧！"

噢，我的姐姐！我那勤学不倦，骄傲好胜的姐姐！现在，她心中还有些什么呢？楚濂，只有楚濂！爱情的力量居然如此伟大，这，是楚濂之幸，还是楚濂之不幸？

婚礼的场面是严肃而隆重的，至亲好友们几乎都来了。绿萍打扮得非常美丽，即使坐在轮椅中，她仍然光芒四射，引起所有宾客的啧啧赞赏。楚濂庄重而潇洒，漂亮而严肃，站在绿萍身边，他们实在像一对金童玉女。我凝视着他们两个，听着四周宾客们的议论纷纭，听着那鞭炮和喜乐的齐声鸣奏，听着那结婚证人的絮絮演讲，听着那司仪高声叫喊……不知怎的，我竟想起一支蓓蒂·佩姬[1]所唱的老歌《我参加你的婚礼》[2]，我还记得其中几句：

> "你的父亲在唏嘘，
>
> 你的母亲在哭泣，
>
> 我也忍不住泪眼迷离……"

是的，我含泪望着这一切，含泪看着我的姐姐成为楚濂的新妇，楚濂成为我的姐夫！于是，我想起许久以前，我就常有的问题，将来，不知楚濂到底是属于绿萍的，还是我的？现在，谜底终于揭晓了！当那声"礼成"叫出之后，当那些彩纸满天飞撒的时候，我知道一切都完成了。一个婚礼，是个开始还是个结束？我不知道，楚濂推着绿萍的轮椅走进新娘室，他在笑，对着每一个人微笑，但是，他的笑容为何如此僵硬而勉强？我们的眼光在人群中接触了那么短短的一刹那，我觉得满耳人声，空气恶劣，我头晕目眩而呼吸急促……我眼前开始像电影镜头般叠

---

[1] 蓓蒂·佩姬：帕蒂·佩姬，Patti Page，20世纪50年代唱片销量最大的歌手。
[2] 《我参加你的婚礼》：《我参加了你的婚礼》*I Went to Your Wedding*。

印着楚濂的影子，楚濂在小树林中仰头狂叫：

"我爱紫菱！我爱紫菱！我爱紫菱！"

楚濂在大街上放声狂喊：

"我发誓今生今世只爱紫菱！我发誓！我发誓！我发誓！"

我的头更昏了，眼前人影纷乱，满室人声喧哗……恭喜，恭喜，恭喜……何喜之有？恭喜，恭喜，恭喜……何喜之有？恭喜，恭喜，恭喜……

费云帆把我带出了结婚礼堂，外面是花园草地，他让我坐在石椅上，不知从哪儿端了一杯酒来，他把酒杯凑在我的唇边，命令地说：

"喝下去！"

我顺从地喝干了那杯酒，那辛辣的液体从我喉咙中直灌进胃里，我靠在石椅上，一阵凉风拂面，我陡然清醒了过来。于是，我接触到费云帆紧盯着我的眼光。

"哦，费云帆，"我喃喃地说，"我很抱歉。"

他仔细看了我一会儿，然后，他用手拂了拂我额前的短发，用手揽住我的肩头。

"你不能在礼堂里晕倒，你懂吗？"

"是的，"我说，"我好抱歉。现在，我已经没事了，只因为……那礼堂的空气太坏。"

"不用解释，"他对我默默摇头，"我只希望，当我们结婚的时候，礼堂里的空气不会对你有这么大的影响。"

我一把握住了他的手。

"为什么要这样说？"我懊恼地叫，"我已经抱歉过了，我真心真意地愿意嫁给你。"

"哦,是我不好。"他慌忙说,取出手帕递给我,温柔地抚摩我的头发,"擦擦你的脸,然后,我们进去把酒席吃完。"

"一定要去吃酒席吗?"我问。

他扬起了眉毛。

"嗯,我想……"他沉吟着,突然眉飞色舞起来,"那么多的客人,失踪我们两个,大概没有什么人会注意到,何况,我们已经参加过了婚礼。"

"即使注意到,又怎样呢?"我问。

"真的,又怎样呢?"他说,笑着,"反正我们一直是礼法的叛徒!"

于是,我们跳了起来,奔向了他的车子。钻进了汽车,我们开始向街头疾驰。

整晚,我们开着车兜风,从台北开到基隆,逛基隆的夜市,吃小摊摊上的鱼丸汤和当归鸭,买了一大堆不必需的小摆饰,又去地摊上丢圈圈,套来了一个又笨又大的磁熊。最后,夜深了,我抱着我的磁熊,回到了家里。

母亲一等费云帆告辞,就开始对我发作:

"紫菱!你是什么意思?今天是你姐姐的婚礼,你居然不吃完酒席就溜走!难道你连这几天都等不及,这种场合,你也要和云帆单独跑开!你真不知羞,真丢脸!让楚家看你像个没规没矩的野丫头!"

"哦,妈妈,"我疲倦地说,"楚家娶的是绿萍,不是我,我用不着做模范生给他们看!"

"你就一点感情都没有吗?"母亲直问到我的脸上来,"你姐姐的婚礼，你竟连一句祝福的话都不会说吗？你就连敬杯酒都不愿去敬吗？”

“所有祝福的话，我早都说过了。”我低语。

“哦，你是个没心肝的小丫头！”母亲继续嚷，她显然还没有从那婚礼中平静过来，“你们姐妹相处了二十年，她嫁出去，你居然如此无动于衷！你居然会溜走……”

“舜涓，”父亲走了过来，平平静静地叫，及时解了我的围，“你少说她几句吧！她并没有做什么了不起的错事，你骂她干什么呢？我们还能留她几天呢？”

父亲的话像是一句当头棒喝，顿时提醒了母亲，我离“出嫁”的日子也不远了，于是，母亲目瞪口呆了起来，望着我，她忽然泪雨滂沱。

“噢，”她唏嘘着说，“我们生儿育女是干什么呢？干什么呢？好不容易把她们养大了，她们就一个个走了，飞了。”

我走过去，抱住母亲的脖子，亲她，吻她。

“妈妈！妈妈，”我低呼，“你永不会失去我们，真的，你不会的！”

“舜涓，”父亲温柔地说，“今天你也够累了，你上楼去歇歇吧，让我和紫菱说两句话！”

母亲顺从地点点头，一面擦着眼泪，一面蹒跚地走上楼去，我望着她的背影，忽然间，发现她老了。

室内剩下了我和父亲，我们两人默然相对。从我很小的时候开始，我就觉得我和父亲中间有某种默契，某种了解，某种心灵相通的感情。这时候，当他默默凝视着我时，我就又觉得那种默契在我们中间流动。他走近了我，把手放在我的肩上，他深深地注视着我，慢慢地说：

“紫菱，我有几句话要对你说，以后，我可能不会有机会再对你说了。"

"哦，爸爸？"我望着他。

"紫菱，"他沉吟了一下，"我以前并不太了解费云帆，我现在，也未见得能完全了解他。但是，我要告诉你一件事，那是一个真真正正有思想、有见地、有感情的男人！"他盯着我，"我对你别无所求，只希望你能去体会他，去爱他，那么，你会有个十分成功的婚姻！"

我惊讶地看着父亲，他不是也曾为这婚事生过气吗？曾几何时，他竟如此偏袒费云帆了！可是，在我望着他的那一刹那，我明白，我完全明白了！父亲已经知道了这整个的故事，不知道是不是费云帆告诉他的，但是，他知道了，他完全知道了。我低低叹息，垂下头去，我把头依偎在父亲的肩上，我们父女间原不需要多余的言语，我低声地说：

"爸爸，我会努力的，我会的，我会的！"

十五天以后，我和费云帆举行了一个十分简单的婚礼，参加的除了亲戚，没有外人。楚濂和绿萍都来了，但我并没有太注意他们，我把所有的注意力都集中在费云帆身上，当我把手伸给他，让他套上那枚婚戒时，我是非常虔诚，非常虔诚的，我心里甚至没有想到楚濂。

新婚的第一夜，住在酒店里，由于疲倦，由于不安，由于我精神紧张而又有种对"妻子"的恐惧，费云帆给我吃了一粒镇静剂，整夜我熟睡着，他居然没有碰过我。

结婚的第二天，我们就搭上环球客机，直飞欧洲了。

拾肆

FOURTEEN

我望着他那对深邃而乌黑的眼睛，我望着他那张成熟而真挚的脸庞，我心底竟涌起一份难言的感动，和一份酸涩的柔情，我用手环抱住他的脖子，吻住了他的唇。

永远忘不掉机场送行的一幕，永远忘不了父亲那深挚的凝视，和母亲那哭肿了的眼睛，永远忘不了楚濂握着我的手时的表情，那欲语难言的神态，和那痛惜难舍的目光。绿萍没有来机场，我只能对楚濂说：

"帮我吻吻绿萍！"他趁着人多，在我耳边低语：

"我能帮绿萍吻吻你吗？"

我慌忙退开，装作没听见，跑去和楚伯伯楚伯母，以及楚漪等一一道别。陶剑波也来了，还带了一架照相机，于是，左一张照片，右一张照片，照了个无休无止。母亲拉着我，不断地叮嘱这个，不断地叮嘱那个，要冷暖小心，要照顾自己，要多写信回家……好像我是个三岁的小娃娃。

终于，我们上了飞机，终于，一切告别式都结束了，终于，飞机滑上了跑道……最后，终于，飞机冲天而起了。我从座位上转过头来看着费云帆，心里突然涌上一股茫然无助的情绪。怎么，我真就这样跟着他飞了？真就这样舍弃了我那二十年来所熟悉的环境和亲人？真就这样不顾一切地飞向那茫茫世界和渺不可知的未来？我心慌了，意乱了，眼眶就不由自主地发热了。

费云帆对我微笑着，伸过手来，他紧紧地握住了我的手，握得好紧好紧，望着我的眼睛，他说：

“放心，紫菱，飞机是很安全的！”

我噘起了嘴，不满地嘟囔着：

“费云帆，你明知道我并不担心飞机的安全问题！”

“那么，”他低语，“让我告诉你，你的未来也是安全的！”

“是吗，费云帆？”

他对我深深地点点头。然后，他眨眨眼睛，做了一个怪相。收住笑容，他很郑重地对我说：

“有件事，请你帮一个忙，好不好？”

“什么事？”我有些吃惊地问，难道才上飞机，他就有难题出给我了？

“你瞧，我们已经是夫妇了，对不对？”

我困惑地点点头。

“你能不能不要再连名带姓地称呼我了？”他一本正经地说，“少一个费字并不难念！”

原来是这件事！我如释重负，忍不住就含着泪珠笑了出来。他对我再做了个鬼脸，就把我的头按在他的肩上：

“你最好给我睡一觉，因为，我们要飞行很多小时，长时间的飞行是相当累人的！”

“我不要睡觉，”我把头转向窗口，望着飞机外那浓厚的、堆砌着的云海，“这还是我第一次坐飞机呢！我要看风景！”

“小丫头开洋荤了，是吗？”他取笑地问，“事实上，你半小时之后就会厌倦了，窗外，除了云雾之外，你什么都看不到！”他按铃，叫来了空中小姐。“给我一瓶香槟！”他说。

“你叫香槟干吗？”我问他。

"灌醉你！"他笑着说，"你一醉了就会睡觉！"

"香槟和汽水差不多，喝不醉人的！"我说。

"是吗？"他的眼睛好黑好亮。

于是，旧时往日，如在目前，我扑哧一声笑了。伸手握住他的手，我说：

"费云帆……"

"嗯哼！"他大声地咳嗽，哼哼。

我醒悟过来，笑着叫：

"云帆！"

"这还差不多！"他回过头来，"什么事？"

"你瞧！你这样一混，我把我要说的话都搞忘了！"

"很重要的话吗？"他笑嘻嘻地说，"是不是三个字的？"

"三个字的？"我愣了愣。

香槟送来了，于是，他注满了我的杯子和他的杯子，盯着我，他说：

"不要管你要说的话了，听一句我要说的话吧！"

"什么话？"

他对我举起了杯子。脸色忽然变得严肃而郑重。

"祝福我们的未来，好吗？"

我点点头，和他碰了杯子，然后，我一口喝干了杯里的酒，他也干了他的。我们照了照空杯子，相视一笑。然后，他深深地凝视着我说：

"我将带你到一个最美丽的地方，给你一个最温暖的家。信任我！紫菱！"

我点点头，注视着他，轻声低语：

"云帆，我现在的世界里只有你了。如果你欺侮我……"

他把一个手指头压在我的唇上。

"我会吗？"他问。

我笑了，轻轻地把头依偎在他的肩上。

是的，这趟飞行是相当长久而厌倦的，虽然名义上是"直飞"，但是，一路上仍然停了好多好多站，每站有时又要到过境室去等上一两小时，再加上时差的困扰，因此，十小时之后，我已经又累又乏又不耐烦。好在，最后的一段航线很长，费云帆不住地和我谈天，谈欧洲，谈每个国家，西班牙的斗牛，威尼斯的水市，巴黎的夜生活，汉堡的"倚窗女郎"，伦敦的雾，雅典的神殿，罗马的古竞技场……我一面听着，一面又不停口地喝着那"和汽水差不多的香槟"。最后，如费云帆所料，我开始和那飞机一样，腾云驾雾起来了，我昏昏沉沉，迷迷糊糊。依偎在费云帆肩上，我终于睡着了。

飞机似乎又起落过一两站，但是并没有要过境旅客下机，所以我就一直睡，等到最后，费云帆摇醒我的时候，我正梦到自己坐在我的小卧室里弹吉他，弹那支《一帘幽梦》，他叫醒我，我嘴里还在喃喃念着：

"若能相知又相逢，

共此一帘幽梦！"

"好了！爱做梦的小姑娘！"费云帆喊，"我们已经抵达罗马机场了！下飞机了，紫菱！"

我惊奇地站起身来，摇摇晃晃地揉了揉眼睛，看看窗外，正是晓雾迷蒙的时候。

"怎么，天还没亮吗？"

"时差的关系，我们丢掉了一天。"

"我不懂。"我摇头。对于那些子午线啦、地球自转和公转的问题，我从读书的时代就没有弄清楚过。

"你不需要懂，"费云帆笑着挽住我，"你需要的，是跟着我下飞机！"

我下了飞机，一时间，脑子里仍然迷迷糊糊的，抬头看看天空，我不觉得罗马的天空和台北的天空有什么不同，我也还不能相信，我已经置身在一个以前只在电影中才见过的城市里。可是，一走进机场的大厅，看到那么多陌生的面孔，听到满耳朵叽里呱啦的语言，我才模糊地察觉到，我已经距离台北十万八千里了！

经过了各种手续之后，我们走出检验室。立刻，有两个意大利人围了过来，他们拥抱费云帆，笑着敲打他的肩和背脊，费云帆搂着我说：

"他们是我餐厅的经理，也是好朋友，你来见见！"

"我不会说意大利话，"我怯生生地说，"而且我好累好累，我能不能不见？"

费云帆对我鼓励地微笑。

"他们都是好人，他们不会为难你的，来吧，我的小新娘，你已经见到他们了，总不能躲开的，不是吗？"

于是，他用英文对那两个意大利人介绍了我，我怯怯地伸出手去，想和他们握手，谁知道，他们完全没有理我那只手，就高叫着各种怪音，然后，其中一个一把抱住了我，给了我一个不折不扣的吻，我大惊失色，还没恢复过来，另外一个又拥抱了我，也重重地吻了我一下，我站定身子，瞪着眼睛看费云帆，他正对我笑嘻嘻地望着。

"他们称赞你娇小玲珑，像个天使，"他说，重新挽住我，"别惊奇，意大利人是出了名的热情！"

两个意大利人抢着帮我们提箱子，我们走出机场，其中一个跑去开了一辆十分流线型的红色小轿车来，又用意大利话和费云帆叽里咕噜讲个不停，每两句话里夹一句"妈妈咪呀！"。他讲得又快又急，我只听到满耳朵的"妈妈咪呀！"。我们上了车，费云帆只是笑，我忍不住问：

"什么叫'妈妈咪呀'？"

"一句意大利的口头禅，你以后听的机会多了，这句话相当于中文的'我的天呀'之类的意思。"

"他们为什么要一直叫'我的天'呢？"我依然迷惑。

费云帆笑了。

"意大利人是个喜欢夸张的民族！"

是的，意大利人是个喜欢夸张的民族，当车子越来越接近市区时，我就越来越发现这个特点了，他们大声按汽车喇叭，疯狂般地开快车，完全不遵守交通规则，还要随时把脑袋从车窗里伸出去和别的车上的司机吵架……可是，一会儿，我的注意力就不在那两个意大利人身上了，我看到一个半倾圮的、古老的、像金字塔似的建筑，我惊呼着，可惜车子已疾驰过去。我又看到了那著名的古竞技场，那圆形的、巨大的、半坍的建筑挺立在朝阳之中，像梦幻般地神奇与美丽，我惊喜地大喊：

"云帆，你看，你看，那就是古竞技场吗？"

"是的，"云帆搂着我的肩，望着车窗外面，"那就是传说中，国王把基督徒喂狮子的地方！"

我瞪大眼睛，看着那古老的、充满了传奇性的建筑，当云帆告诉我，这建筑已有一千五百年的历史时，一声"妈妈咪呀"竟从我嘴中冲了出来，弄得那两个意大利人高声地大笑了起来，云帆望着我，也笑得开心：

"等你回家去休息够了，我要带你出来好好地逛逛，"他说，"罗马本身就是一个大大的古城，到处都是上千年的建筑和雕刻。"

"你从没有告诉过我，这些名胜古迹居然在市中心，我还以为在郊外呢！"

"罗马就是个古迹，知道吗？"

"是的，"我迷惑地说，"古罗马帝国！条条大路通罗马，罗马不是一天造成的……多少有关罗马的文句，而我，竟置身在这样一个城市里……"我的话噎住了，我大叫，"云帆，你猜我看到了什么？"

我的语气使云帆有些吃惊。

"什么？"他慌忙问。

"一辆马车！"我叫，"一辆真正的马车！"

云帆笑了。

"你猜我看到了什么？"他反问。

"什么？"

"一个跑入仙境的小爱丽丝！"

"不许嘲笑我！"我瞪他，"人家是第一次来罗马，谁像你已经住了好多年了！"

"不是嘲笑，"他说，"是觉得你可爱。好了，"他望着车窗外面，车子正停了下来，"我们到家了。"

"家？"我一愣，"是你的房子吗？我还以为我们需要住旅馆呢！"

"我答应给你一个温暖而舒适的家，不是吗？"

车子停在一栋古老、却很有味道的大建筑前面，我下了车，抬头看看，这是栋公寓房子，可能已有上百年的历史，白色的墙，看不大出风霜的痕迹，每家窗口，都有一个铁栏杆，里面种满了鲜红的、金黄的、粉白色的花朵，骤然看去，这是一片缀满了花窗的花墙，再加上墙上都有古老的铜雕，看起来更增加了古雅与庄重。我们走了进，宽敞的大厅中有螺旋形的楼梯，旁边有架用铁栅门的电梯，云帆说：

"我们在三楼，愿意走楼梯，还是坐电梯？"

"楼梯！"我说，领先向楼上跑去。

我们停在三楼的一个房门口，门上有烫金的名牌，镌着云帆名字的缩写，我忽然心中一动，就睁大眼睛，望着云帆问："门里不会有什么意外来迎接我们吧？"

"意外？"云帆皱拢了眉，"你指什么？宴会吗？不不，紫菱，你不知道你有多疲倦，这么多小时的飞行之后，你苍白而憔悴，不，没有宴会，你需要的，是洗一个热水澡，好好地睡一觉！"

"我不是指宴会，"我压低了声音，垂下了睫毛，"这是你的旧居，里面会有另一个女主人吗？那个——和你同居的意大利女人？"

他怔了两秒钟，然后，他接过身边那意大利人手里的钥匙，打开了房门，俯下头来，他在我耳边说：

"不要让传言蒙蔽了你吧，我曾逢场作戏过，这儿，却是我和你的家！"

说完，他一把抱起了我，把我抱进了屋里，两个意大利人又叫又嚷又闹着，充分发挥了他们夸张的本性。云帆放下我，我站在室内，环视四周，我忍不住我的惊讶，这客厅好大好大，有整面墙是由铜质的浮雕堆成的，另几面都是木料的本色，一片片砌着，有大壁炉，有厚厚的、米色的羊毛地毯，窗上垂着棕色与黄色条纹的窗帘，地面是凹下去的、环墙一圈，凸出来的部分，做成了沙发，和窗帘一样，也是棕色与黄色条纹的。餐厅比客厅高了几级，一张椭圆形的餐桌上，放着一盆灿烂的、叫不出名目的红色花束。

两个意大利人又在指着房间讲述，指手画脚的，不知在解释什么，云帆一个劲儿地点头微笑。我问：

"他们说什么？"

"这房子是我早就买下来，一直空着没有住，我写信画了图给他们，叫他们按图设计装修，他们解释说我要的几种东西都缺货，时间又太仓促，所以没有完全照我的意思弄好。"

我四面打量，迷惑地说：

"已经够好了，我好像在一个皇宫里。"

"我在郊外有栋小木屋，那木屋的情调才真正好，等你玩够了罗马，我再陪你去那儿小住数日。"

我眩惑地望着他，真的迷茫了起来，不知道我嫁了怎样的一个百万富豪！

好不容易，那两个意大利人告辞了。室内剩下了我和云帆两个，我们相对注视，有一段短时间的沉默，然后，他俯下头来，很温存、很细腻地吻了我。

"累吗？"他问。

"是的。"

他点点头，走开去把每间房间的门都打开看了看，然后，他招手叫我：

"过来，紫菱！"

我走过去，他说：

"这是我们的卧室。"

我瞠目结舌。那房间铺满了红色的地毯，一张圆形的大床，上面罩着纯白色的床单，白色的化妆桌，白色的化妆凳，白色的床头柜上有两盏白纱罩子的台灯。使我眩惑和吃惊的，并不是这些豪华的布置，而是那扇落地的长窗，上面竟垂满了一串串的珠帘！那些珠子，是玻璃的、半透明的、大的、小的、长的、椭圆的，挂着、垂着，像一串串的雨滴！我奔过去，用手拥住那些珠帘，珠子彼此碰击，发出一连串细碎的声响，我所熟悉的，熟悉的声音！我把头倚在那些珠帘上，转头看着云帆，那孩子气的、不争气的泪水，又涌进了我的眼眶里，我用激动的、带泪的声音喊：

"云帆，你怎么弄的？"

"量好尺寸，叫他们定做的！"

"你……你……"我结舌地说，"为什么……要……要……这样做？"

他走过来，温存地拥住了我。

"如果没有这面珠帘，"他深沉地说，"我如何能和你'共此一帘幽梦'呢？"

我望着他那对深邃而乌黑的眼睛，我望着他那张成熟而真挚的脸庞，我心底竟涌起一份难言的感动，和一份酸涩的柔情，我用手环抱住他的脖子，吻住了他的唇。

片刻之后，他抬起头来，他的眼眶竟有些湿润。

"知道吗？"他微笑地说，"这是你第一次主动地吻我。"

"是吗？"我愕然地问。

他笑了，推开浴室的门。

"你应该好好地洗一个澡，小睡一下，然后，我带你出去看看罗马市！"

"我洗一个澡就可以出去！"我说。

他摇摇头。

"我不许，"他说，"你已经满面倦容，我要强迫你睡一下，才可以出去！"

"哦呀！"我叫，"你不许！你的语气像个专制的暴君！好吧，不论怎样，我先洗一个澡。"

找出要换的衣服，我走进了浴室。在那温热的浴缸里一泡，我才知道我有多疲倦。倦意很快地从我脚上往上面爬，迅速地扩散到我的四肢，我连打了三个哈欠。洗完了，我走出浴室，云帆已经撤除了床上的床罩，那雪白的被单和枕头诱惑着我，我打了第四个哈欠，走过去，我一下子倒在床上，天哪，那床是如此柔软，如此舒适，我把头埋在那软软的枕头里，口齿不清地说：

"你去洗澡，等你洗完了，我们就出发！"

"好的。"他微笑着说，拉开毛毯，轻轻地盖在我身上。

我翻了一个身，用手拥住枕头，把头更深地埋进枕中，合上眼睛，我又喃喃地说了一句什么，连我自己都听不清楚，然后，我就沉沉睡去了。

一帘幽梦

拾伍

FIFTEEN

====================

在这一刹那间，我觉得我们之间那样了解，那样接近，那样没有距离。

　　我这一觉睡得好香好甜好深好沉，当我终于醒来时，我看到的是室内暗沉沉的光线，和街灯照射在珠帘上的反光，我惊愕地翻转身子，于是，我闻到一缕香烟的气息，睁大眼睛，我接触到云帆温柔的眼光，和微笑的脸庞，他正坐在床上，背靠着床栏杆，一面抽着烟，一面静静地凝视着我。

　　"哦，"我惊呼着，"几点钟了？"

　　他看看手表。

　　"快七点了。"

　　"晚上七点吗？"我惊讶地叫。

　　"当然是晚上，你没注意到天都黑了吗？"他说，"你足足睡了十个多小时。"

　　"你怎么不开灯？"我问。

　　"怕光线弄醒了你。"他伸手扭亮了台灯。望着我，对我微笑，"你睡得像一个小婴儿。"

　　"怎么，"我说，"你没有睡一睡吗？"

　　"睡了一会儿就醒了，"他说，"看你睡得那么甜，我就坐在这儿望着你。"

　　我的脸发热了。

"我的睡相很坏吗？"我问。

"很美。"他说，俯头吻了吻我的鼻尖，然后，他在我身上重重地拍了一下，"起来！懒丫头！假如你真想看看罗马的话！"

"晚上也可以看罗马吗？"

"晚上、白天、清晨、黑夜……罗马是个不倒的古城！"他喃喃地说。

我跳了起来。

"转开头去。"我说，"我要换衣服。"

他注视了我好一会儿，似笑非笑的。

"紫菱，"他慢吞吞地说，"你别忘了，你已经是我的妻子。"

"可是，"我嚓嚓嘴，红了脸，"人家不习惯嘛！"

他脸上的笑意加深了，然后，他忍耐地叹了口气。

"好吧，我只好去习惯'人家'！"他掉转了头，面对着窗子，我开始换衣服，但是，我才换了一半，他倏然转过头来，一把抱住了我，我惊呼，把衣服拥在胸前，他笑着望着我的眼睛，然后，他放开了我，说："你也必须学着习惯我！"

我又笑又气又骂又诅咒，他只是微笑着。我换好了衣服，忽然听到客厅里传来一阵碗盘的叮当，我说：

"你听，有小偷来了。"

"不是小偷，"他笑着说，"那是珍娜。"

"珍娜？"我一怔。

"一个意大利女人。"

我呆了呆，瞪着他。

"好呀，"我说，"我只不过睡了一觉，你就把你的意大利女人弄来了！"

"哼！"他哼了一声，"别那么没良心，你能烧饭洗衣整理家务吗？"

"我早就说过，"我有些受伤地说，"我不是一个好妻子。"

他把我拉进了怀里。

"我不是那个意思，"他说，"我也不愿意你做家务，珍娜是个很能干的女佣。"他盯着我，"我们约法三章好不好？"

"什么事？"

"以后别再提什么意大利女人，"他一本正经地说，"你使我有犯罪感。"

"如果你并没有做错，你为什么会有犯罪感？"

"我并不觉得我做错了，"他说，"只是，在你面前，我会觉得自惭形秽，你太纯洁、太干净、太年轻。"

我怔了怔，一时间，不太能了解他的意思。但，接触到他那郑重而诚挚的眼光时，我不由自主地点头了，我发誓不再提那个女人，于是，他微笑着搂住我，我们来到了客厅里。

珍娜是个又肥又胖又高又大的女人，她很尊敬地对我微笑点头，称我"夫人"。她已经把我们的晚餐做好了，我一走出卧室，就已闻到了那股浓厚而香醇的乳酪味，我这才发现，我一整天都没有吃东西。

"紫菱，你可以试试，这是珍娜的拿手菜，意大利通心粉！你既然来到了意大利，也该入境随俗，学着吃一点意大利食物！"云帆说。

"在我现在这种饥饿状况下，"我说，"管他意大利菜、西班牙菜、法国菜还是日本菜，我都可以吃个一干二净！"

我说到做到，把一大盘通心粉吃了一个碗底朝天，我的好胃口使云帆发笑，使珍娜乐得合不拢嘴。我临时向云帆恶补了两句意大利话去赞美珍娜，我的怪腔怪调逗得她前俯后仰，好不容易弄清楚我的意思之后，珍娜竟感动得给了我一个大大的拥抱，哦，那真是名副其实的大拥抱，差点没有把我的骨头都给挤碎了。

吃完晚餐，我和云帆来到了罗马的大街上。

初夏的夜风拂面而来，那古老的城市在我的脚下，在我的面前，点点的灯火似乎燃亮了一段长远的历史，上千年的古教堂耸立着，直入云霄。钟楼、雕塑、喷泉、宫殿、废墟、古迹，再加上现代化的建筑及文明，组成了这个奇异的城市。云帆没有开汽车，他伴着我走了好一段路，然后，一阵马蹄嘚嘚，我面前驶来一辆马车，两匹浑身雪白的马，头上戴着羽毛，骄傲地挺立在夜色里。

我大大地惊叹。

云帆招手叫了那辆马车，他和车夫用意大利话交谈了几句，就把我拉上了车子，他和我并肩坐着，车夫一拉马缰，车子向前缓缓行去。

"哦！"我叹息，"我不相信这是真的！"

"我要让你坐着马车，环游整个的罗马市！"云帆说，用手紧紧地挽着我的腰。

马蹄在石板铺的道路上有节奏地走着，穿过大街，绕过小巷。夜色美好而清朗，天上，皓月当空，使星光都黯然失色了。月光涂在马背上，涂在马车上，涂在那古老的建筑上、那雄伟的雕塑上，我呆了。一切都像披着一层梦幻的色彩，我紧紧地依偎着云帆，低低地问：

"我们是在梦里吗？"

"是的，"他喃喃地说，"在你的一帘幽梦里！"

我的一帘幽梦中从没有罗马！但它比我的梦更美丽。车子走了一段，忽然停了下来，我睁眼望去，我们正停在一个喷泉前面，喷泉附近聚满了观光客，停满了马车，云帆拉住我：

"下车来看！这就是罗马著名的处女泉。有一支老歌叫《三个铜板在泉水中》，是《罗马之恋》的主题曲吧，就指的是这个喷泉，传说，如果你要许愿的话，是很灵验的，你要许愿吗？"

"我要的！"我叫着，跑到那喷泉边，望着那雕塑得栩栩如生的人像，望着那四面飞洒的水珠，望着那浴在月光下的清澈的泉水，再望着那沉在泉水中成千上万的小银币，我默默凝思，人类的愿望怎么那么多？这个名叫"翠菲"的女神一定相当忙碌！抬起头来，我接触到云帆的眼光。"我该怎样许愿？"我问。

"背对着泉水，从你的肩上扔两个钱进水池里，你可以许两个愿望。"

我依言背立，默祷片刻，我虔诚地扔了两个钱。

云帆走了过来。

"你的愿望是什么？"他问，眼睛在月光下闪烁。

"哦，"我红着脸说，"不告诉你！"

他笑笑，耸耸肩，不再追问。

我们又上了马车，马蹄嘚嘚，凉风阵阵，我的头发在风中飘飞。云帆帮我把披风披好，我们御风而行，走在风里，走在夜里，走在几千年前的历史里。

这次，马车停在一个围墙的外面，我们下了车，走到墙边，我才发现围墙里就是著名的"罗马废墟"，居高临下，我们站立的位置几乎可以看到废墟的全景。那代表罗马的三根白色石柱，正笔直地挺立在夜色中。月光下，那圣殿的遗迹，那倾圮的殿门，那到处林立的石柱，那无数的雕像……都能看出概况，想当年繁华的时候，这儿不知是怎样一番歌舞升平、灯火辉煌的局面！我凝想着，帝王也好，卿相也好，红颜也好，英雄也好，而今安在？往日的繁华，如今也只剩下了断井颓垣！于是，我喃喃地说：

"不见他起高楼，不见他宴宾客，却见他楼塌了！"

云帆挽着我的腰，和我一样凝视着下面的废墟，听到我的话，他也喃喃地念了几句：

"可怜他起高楼，可怜他宴宾客，可怜他楼塌了！"

我回过头去，和他深深地对看了一眼，我们依偎得更紧了。在这一刹那间，我觉得我们之间那样了解，那样接近，那样没有距离。历史在我们的脚下，我们高兴没有生活在那遥远的过去，我们是现代的，是生存的，这，就是一切！

然后，踏上马车，我们又去了威尼斯广场，瞻仰埃曼纽纪念馆，去了古竞技场，看那一个个圆形的拱门，看那仍然带着恐怖意味的"野兽穴"，我不能想象当初人与兽搏斗的情况。可是，那巨大的场地使我吃惊，我问：

"如果坐满了人，这儿可以容纳多少的观众？"

"大约五万人！"

我想象着五万人在场中吆喝、呐喊、鼓掌、喊叫……那与野兽搏斗的武士在流血，在流汗，在生命的线上挣扎……而现在，观众呢？野兽呢？武士呢？剩下的只是这半倾圮的圆形剧场！我打了一个寒战，把头偎在费云帆肩上，他挽紧我，惊觉地问：

"怎么了？"

"我高兴我们活在现代里，"我说，"可是，今天的现代，到数千年后又成了过去，所以，只有生存的这一刹那是真实的，是存在的！"我凝视他，"我们应该珍惜我们的生命，不是吗？"

他很深切很深切地望着我，然后，他忽然拥住我，吻了我的唇。

"我爱你，紫菱。"他说。

我沉思片刻。

"在这月光下，在这废墟中，在这种醉人的气氛里，我真有些相信，你是爱我的了。"我说。

"那么，你一直不认为我爱你？"他问。

"不认为。"我坦白地说。

"那么，我为什么娶你？"

"为了新奇吧！"

"新奇？"

"我纯洁、我干净、我年轻，这是你说的，我想，我和你所交往的那些女人不同。"

他注视了我好一会儿。

"继续观察我吧，"他说，"希望有一天，你能真正地认识我！"

我们又坐上了马车，继续我们那月夜的漫游，车子缓缓地行驶，我们梦游在古罗马帝国里。一条街又一条街，一小时又一小时，我们一任马车行驶，不管路程，不管时间，不管夜已深沉，不管晓月初坠……最后，我们累了，马也累了，车夫也累了。我们在凌晨四点钟左右才回到家里。

回到了"家"，我心中仍然充斥着那月夜的幽情，那古罗马的气氛与情调。我心深处，洋溢着一片温馨，一片柔情，一片软绵绵、懒洋洋的醉意。我当着云帆的面换上睡衣，这次，我没有要他"转开头去"。

于是，我钻进了毛毯，他轻轻地拥住了我，那样温柔，那样细腻，那样轻手轻脚，他悄悄地解开了我睡衣上的绸结，衣服散了开来，我紧缩在他怀中，三分羞怯，三分惊惶，三分醉意，再加上三分迷蒙蒙的诗情——我的意识仍然半沉醉在那古罗马的往日繁华里。

"云帆。"我低低唤着。

"是的。"他低低应着。

"想知道我许的愿吗？"我悄声问。

"当然。"他说，"但是，不勉强你说。"

"我要告诉你。"我的头紧倚着他的下巴，我的手怯怯地放在他的胸膛上，"第一个愿望是：愿绿萍和楚濂的婚姻幸福。第二个愿望是：愿——我和你永不分离。"

他屏息片刻。然后，他俯下了头，吻我的唇，吻我的面颊，吻我的耳垂，吻我的颈项……我的睡衣从我的肩上褪了下去，我似乎又看到了那两匹白马，驰骋在古罗马的街道上……那白马，那梦幻似的白马，我摇身一变，我们也是一对白马，驰骋在风里，驰骋在雾里，驰骋在云里，驰骋在烟里，驰骋在梦里……啊，驰骋！驰骋！驰骋！驰骋向那甜蜜的永恒！

于是，我从一个少女变成了一个妇人，这才成为了他真正的妻子。

接下来的岁月，我们过得充实而忙碌，从不知道这世界竟那样广阔，从不知道可以观看欣赏的东西竟有那么多！仅仅是罗马，你就有看不完的东西，从国家博物馆到圣彼得教堂，从米开朗基罗[1]到贝里尼[2]，从梵蒂冈的壁画到历史珍藏，看之不尽，赏之不绝。我几乎用了三个月的时间，才收集完了罗马的"印象"。

然后，云帆驾着他那辆红色的小跑车，带着我遍游欧洲，我们去了法国、西德、希腊、瑞士、英国……十几个国家，白天，漫游在历史古迹里，晚上，流连在夜总会的歌舞里，我们过着最潇洒而写意的生活。可是，到了年底，我开始有些厌倦了，过多的博物馆，过多的历史，过多的古迹，使我厌烦而透不过气来，再加上欧洲的冬天，严寒的气候，漫天的大雪……都使我不习惯，我看来苍白而消瘦，于是，云帆结束了我们的旅程，带我回到罗马的家里。

一回到家中，就发现有成打的家书在迎接着我，我坐在壁炉的前面，在那烧得旺旺的炉火之前，一封一封地拆视着那些信件，大部分的信都是父亲写的，不嫌烦地、一遍遍地问我生活起居，告诉我家中一切都好，绿萍和楚濂也平静安详……绿萍和楚濂，我心底隐隐作痛，这些日子来，他们是否还活在我心里？我不知道。但是，当这两个名字映入我的眼帘，却仍然让我内心抽痛时，我知道了：我从没忘记过他们！

我继续翻阅着那些信件，然后，突然间，我的心猛然一跳，我看到一封楚濂写来的信！楚濂的字迹！我的呼吸急促了，我的心脏收紧了，我像个小偷般偷眼看云帆，他并没有注意我，他在调着酒。于是，我拆

---

[1] 米开朗基罗：米开朗琪罗·博那罗蒂，Michelangelo Buonarroti，意大利文艺复兴时期伟大的绘画家、雕塑家、建筑师和诗人。

[2] 贝里尼：乔凡尼·贝利尼，Giovanni Bellini，意大利威尼斯画派画家。

开了信封，急急地看了下去，那封信简短而潦草，却仍然不难读到一些刺心的句子：

"……你和费云帆想必已游遍了欧洲吧？当你坐在红磨坊中喝香槟的时候，不知道有没有想到在遥远的、海的彼岸，有人在默默地怀念你？不知道你还记不记得台湾的小树林？和那冬季的细雨绵绵！我想，那些记忆应该早已淹没在西方的物质文明里了吧？

……绿萍和我很好，已迈进典型的夫妇生活里，我早上上班，晚上回家，她储蓄了一日的牢骚，在晚上可以充分地向我发挥……我们常常谈到你，你的怪僻，你的思想，你的珠帘和你那一帘幽梦！现在，你还有一帘幽梦吗？……"

信纸从我手上滑下去，我呆呆地坐着，然后，我慢慢地拾起那张信纸，把它投进了炉火中。弓着膝，我把下巴放在膝上，望着那信纸在炉火里燃烧，一阵突发的火苗之后，那信笺迅速地化为了灰烬。我拿起信封，再把它投入火中，等到那信封也化为灰烬之后，我抬起头来，这才发现，云帆正默默地凝视着我。

我张开嘴，想解释什么，可是，云帆对我摇了摇头，递过来一杯调好了的酒。

"为你调的，"他说，"很淡很淡，喝喝看好不好喝？"

我接过了酒杯，啜了一口，那酒香醇而可口。

"你教坏了我，"我说，"我本来是不喝酒的。"

他在我身边坐下来，火光映红了他的面颊。

"喝一点酒并不坏，"他说，"醺然薄醉是人生的一大乐事。"他盯着我，"明天，想到什么地方去玩吗？"

"不，我们才回家，不是吗？我喜欢在家里待着。"

"你真的喜欢这个'家'吗？"他忽然问。

我惊跳，他这句话似乎相当刺耳。

"你是什么意思？"我问。

"哦，不，没有意思，"他很快地说，吻了吻我的面颊，"我只希望能给你一个温暖的家。"

"你已经给我了。"我说，望着炉火，"你看，火烧得那么旺，怎么还会不温暖呢？"

他注视了我很长一段时间。

"希望你说的是真心话！"他说，站了起来，去给他自己调酒了。

我继续坐在炉边，喝干了我的杯子。

这晚，我睡得颇不安宁，我一直在做噩梦，我梦到小树林，梦到雨，梦到我坐在楚濂的摩托车上，用手抱着他的腰，疾驰在北新公路上，疾驰着，疾驰着，疾驰着……他像卖弄特技似的左转弯，右转弯，一面驾着车子，他一面在高声狂叫：

"我爱紫菱！我爱紫菱！我爱紫菱！我发誓！我发誓！我发誓！"

然后，迎面来了一辆大卡车，我尖叫，发狂般地尖叫，车子翻了，满地的血，摩托车的碎片……我狂喊着：

"楚濂！楚濂！楚濂！"

有人抱住了我，有人在摇撼着我，我耳边响起云帆焦灼的声音："紫菱！醒一醒！紫菱！醒一醒！你在做噩梦！紫菱！紫菱！紫菱！"

我蓦然间醒了过来,一身的冷汗,浑身颤抖。云帆把我紧紧地拥在怀里,他温暖有力的胳膊抱紧了我,不住口地说:

"紫菱,我在这儿!紫菱,别怕,那是噩梦!"

我冷静了下来,清醒了过来,于是,我想起我在呼叫着的名字,那么,他都听到了?我看着他,他把我放回到枕头上,用棉被盖紧了我,他温柔地说:

"睡吧!继续睡吧!"

我合上了眼睛,又继续睡了。但是,片刻之后,我再度醒过来,却看到他一个人站在窗子前面,默默地抽着香烟。我假装熟睡,悄悄地注视他,他一直抽烟抽到天亮。

一帘幽梦

拾陆

SIXTEEN

"金钱并不见得是万能的，"他说，"我真正渴求的东西，至今没有买到过。"

新的一年开始了。

天气仍然寒冷，漫长的冬季使我厌倦，罗马的雕像和废墟再也引不起我的新奇感，珍娜的通心粉已失去了当日的可口，过多的奶酪没有使我发胖，反而使我消瘦了。云帆对我温柔体贴，我对他实在不能有任何怨言。我开始学习做一些家务，做一些厨房的工作，于是，我发现，主妇的工作也是一种艺术，一双纤巧的、女性的手，可以给一个家庭增加多少的乐趣。

春天来临的时候，我已会做好几样中国菜了，当云帆从他的餐厅里回来，第一次尝到我做的中菜时，他那样惊讶，那样喜悦，他夸张地、大口大口地吃着菜，像一个饿了三个月的馋鬼！他咂嘴，他咂舌，他赞不绝口：

"我真不相信这是你做的，"他说，"我真不相信我那娇生惯养的小妻子也会做菜！我真不相信！"他大大地摇头，大大地咂舌，一连串地说："真不相信！真不相信！真不相信！"

我笑了。从他的身后，我用胳膊抱着他的脖子，把我的头贴在他的耳边，我低语：

"你是个好丈夫！你知道吗？"

他握住了我缠绕在他脖子上的手。

"紫菱！"他温柔地叫。

"嗯？"我轻应着。

"已经是春天了，你知道吗？"

"是的。"

"在都市里，你或许闻不出春天的气息，但是一到了郊外，你就可以看到什么是春天了。"

"你有什么提议吗？"我问。

"是的，"他把我拉到他的面前来，让我坐在他膝上，他用胳膊环抱着我，"记得我曾告诉你，我在郊外有一个小木屋？"我点点头。"愿意去住一个星期吗？"

我再点点头。

于是，第二天，我们就带了应用物品，开车向那"小木屋"出发了，在我的想象里，那距离大约是从台北到碧潭的距离，谁知，我们一清早出发，却足足开了十个小时，到了黄昏时分，才驶进了一个原始的、有着参天巨木的森林里。

"你的小木屋在森林里吗？"我惊奇地问。

"小木屋如果不在森林里，还有什么情调呢？"

我四面张望着，黄昏的阳光从树隙中筛落，洒了遍地金色的光点。是的，这是春天，到处都充满了春的气息，树木上早已抽出了新绿，草地上一片苍翠，在那些大树根和野草间，遍生着一丛丛的野百合，那野百合的芳香和树木青草的气息混合着，带着某种醉人的温馨。我深深地吸了一口气，仰视蓝天白云，俯视绿草如茵，我高兴地叫着说：

"好可爱的森林！你怎么不早点带我来？"

"一直要带你来，"他笑着，"只因为缺少一些东西。"

"缺少一些东西？"我愕然地问。

他笑着摇摇头。

"等会儿你就知道了！"

车子在森林里绕了好几个弯，沿途我都可以看到一些其他的"小木屋"，于是，我知道了，这儿大概是个别墅区，欧洲人最流行在郊外弄一栋小巧玲珑的房子做别墅。那么，这森林里必定有湖，因为，划船、钓鱼，是和他们的"度假"不可分的事情。果然，我看到了湖，在森林中间的一个湖泊，好大好大的湖，落日的光芒在湖面上闪烁，把那蓝滟滟的湖水照射成了一片金黄。我深深叹息。

"怎么？"他问我。

"一切的'美'都会使我叹息。"我说，"造物主怎能把世界造得这样神奇！"

"你知道造物主造的最神奇的东西是什么？"他问。

"是什么？"

"你。"

我凝视他，有种心痛似的柔情注进了我的血管，绞痛了我的心脏。一时间，我很有一种冲动，想告诉他一些话，一些最最亲密的话，但是，我终于没有说出口。因为，话到嘴边，楚濂的影子就倏然出现，我如何能摆脱掉楚濂？不，不行。那么，我又如何能对云帆撒谎？不，也不行。于是，我沉默了。

车子停了，他拍拍我的肩。

"喂，发什么呆？我们到了。"

我警觉过来,这才惊奇地发现,我们正停在一栋"小木屋"的前面!哦,小木屋!这名副其实的木屋呀!整栋房子完全是用粗大、厚重的原木盖成的,原木的屋顶,原木的墙,原木的房门!这屋子是靠在湖边的,有个木头搭的楼梯可直通湖面,在那楼梯底下,系着一条小小的小木船。我正在打量时,一个老老的意大利人跑了过来,他对云帆叽里咕噜地说了一串话,我的意大利文虽然仍旧差劲,却已可略懂一二,我惊奇地望着云帆说:

"原来你已经安排好了?你事先就计划了我们要来,是吗?"我望着那意大利人,"这人是你雇用的吗?"

"不,他在这一带,帮每家看看房子,我们十几家每家给他一点钱。"

房门开了,我正要走进去,却听到了两声马嘶。我斜睨着云帆,低低地说:

"那是不可能的!别告诉我,你安排了两匹马!"

"世界上没有事是不可能的!"他笑着说,"你往右边走,那儿有一个马栏!"

我丢下了手里拎着的手提箱,直奔向屋子右边的马栏,然后,我立即看到了那两匹马,一匹高大的,有着褐色的、光亮的皮毛,另一匹比较小巧,却是纯白色的。它们站立在那儿,优美、华贵,骄傲地仰首长嘶。我叹息着,不停地叹息着。云帆走到我身边来,递给我一把方糖。

"试试看,它们最爱吃糖!"

我伸出手去,两匹马争着在我手心中吃糖,舌头舔得我痒酥酥的。我笑着,转头看云帆。

"是你的马吗?"他问。

"不是。是我租来的，"他说，"我还没有阔气到白养两匹马放着的地步。但是，假若你喜欢，我们也可以把它买下来。"

我注视着云帆。

"你逐渐让我觉得，金钱几乎是万能的！"

"金钱并不见得是万能的，"他说，"我真正渴求的东西，至今没有买到过。"

他似乎话中有话，我凝视着他，然后，我轻轻地偎进了他的怀里。

"你有钱并不稀奇，"我低语，"天下有钱的人多得很，问题是你如何去运用你的金钱，如何去揣测别人的需要和爱好，这与金钱无关，这是心灵的默契。"我抬眼看他，用更低的声音说，"谢谢你，云帆。我一直梦想，骑一匹白马，驰骋在一个绿色的森林里，我不知道，我真可以做到。你总有办法，把我的梦变成真实。"

他挽紧了我，一时间，我觉得他痉挛而战栗。

"希望有一天，你也能把我的梦变成真实。"他喃喃地说。

我怔了怔，还没有体会出他的意思，他已经挽着我，走进了那座"小木屋"！

天哪！这是座单纯的小木屋吗？那厚厚的长毛地毯，那烧得旺旺的壁炉，那墙上挂的铜雕，那矮墩墩的沙发，那铺在地毯上的一张老虎皮……以及那落地的长窗，上面垂满了一串串的珠帘！

"云帆！"我叫着，喘息着。跑过去，我拂弄那珠帘，窗外，是一望无际的湖面。"你已经先来布置过了！"

"是的，"他走过来，搂着我，"上星期，我已经来布置了一切，这珠帘是刚定做好的。"

我泪眼迷蒙。

"云帆,"我哽塞地说,"你最好不要这样宠我,你会把我宠坏!"

"让我宠坏你吧,"他低语,"我从没有宠过什么人,宠人也是一种快乐,懂吗?"

我不太懂,我真的不太懂。噢,如果我能多懂一些!但是,人类是多么容易忽略他已到手的幸福呀!

晚上,我们吃了一顿简单的、自备的晚餐。然后,我们并坐在壁炉前面,听水面的风涛,听林中的松籁,看星光的璀璨,看湖面的光。我们叹息着,依偎着,世界都不存在了,只剩下了我们的小木屋,我们的森林,我们的湖水,我们的梦想,和我们彼此!

云帆抱起了他的吉他,他开始轻轻弹奏。我想起他那次把手指弹出血的事,于是,我说:

"不许弹太久!"

"为什么?"

我躺在地毯上,把头枕在他的膝上,我仰望着他的脸,微笑地说:

"你已经娶到了我,不必再对我用苦肉计了。"

他用手搔着我腋下,低声骂:

"你是个没良心的小东西!"

我怕痒,笑着滚开了,然后,我又滚回到他身边来。

"你才是个没良心的东西呢!"我说。

"为什么?"

"人家——"我咬咬嘴唇,"怕你弄伤手指!"

"怎么?"他锐利地注视我,"你会心痛吗?"

"哼!"我用手刮他的脸,"别不害臊了!"

于是,他开始弹起吉他来,我躺在地毯上听。炉火染红了我们的脸,温暖了我们的心。吉他的音浪从他指端奇妙地轻泻出来,那么柔美,那么安详,那么静谧!他弹起《一帘幽梦》来,反复地弹着那最后一段,我合上眼睛,忍不住跟着那吉他声轻轻唱着:

> "谁能解我情衷?
> 谁将柔情深种?
> 若能相知又相逢,
> 共此一帘幽梦!"

他抛下了吉他,扑下身来,他把他的嘴唇压在我的唇上。我的胳膊软软地绕住了他的脖子,我说:

"云帆!"

"嗯?"他继续吻我。

"我愿和你一直这样厮守着。"

他震动了一下。

"甚至不去想楚濂吗?"他很快地问。

我猝然睁开眼睛,像触电般地跳了起来,我相信我的脸色一定变得苍白了,所有的喜悦、安详与静谧都从窗口飞走,我愤怒而激动。

"你一定要提这个名字吗?"我说。

他坐直了身子,他的脸色也变得苍白了,他的声音冷淡而苛刻:

"这名字烧痛了你吗?经过了这么久,这名字依然会刺痛你吗?"

我拒绝回答，我走开去，走到窗边，我坐在那儿，默默地瞪视着窗外的湖水。室内很静，我不知道他在做什么。过了一会儿，我听到一声门响，我倏然回头，他正冲出了门外，我跳起来，追到房门口，他奔向马栏，我站在门口大声喊：

"云帆！"

他没有理我，迅速地，我看到他骑在那匹褐色的马上，疾驰到丛林深处去了。

我在门口呆立了片刻，听着那穿林而过的风声，看着月光下那树木的幢幢黑影，我突然感到一阵恐惧。我折回到屋里来，关上房门，我蜷缩地坐在炉火前面，心里恍恍惚惚，不知道自己做错了什么，只觉得满心抽痛。把头埋在膝上，我开始低低地哭泣。

我哭了很久很久，夜渐渐地深了，炉火渐渐地熄灭，但他一直没有回来。我越来越觉得孤独，越来越感到恐惧，我就越哭越厉害。最后，我哭得头发昏了，我哭累了，而且，当那炉火完全熄灭之后，室内竟变得那么寒冷，我倒在那张老虎皮上，蜷缩着身子，一面哭着，一面就这样睡着了。

不知道过去了多久，有人走了进来，有人弯身抱起了我，我仍然在抽噎，一面喃喃地、哽咽地叫着：

"云帆！云帆！"

"是的，紫菱，"那人应着，那么温暖的怀抱，那么有力的胳膊，我顿时睁开了眼睛，醒了。云帆正抱着我，他那对黝黑的眼睛深切而怜惜地看着我，我大喊了一声，用手紧紧地抱着他的脖子，我哭着说：

"云帆，不要丢下我！云帆，你不要生我的气吧！"

"哦，紫菱，哦，紫菱！"他抱紧我，吻着我的面颊，他的眼眶潮湿，声音战栗，"是我不好，都是我不好，我不该生你的气，我不该破坏这么好的一个晚上，都是我不好，紫菱！"

我哭得更厉害，而且开始颤抖，他把我抱进了卧室，放在床上，用大毛毯层层地裹住我，想弄热我那冰冷的身子。一面焦灼地、反复地吻着我，不住口地唤着我的名字：

"紫菱，别哭！紫菱，别哭！紫菱！哦，我心爱的，你别哭吧！"

我仍然蜷缩着身子，仍然颤抖，但是，在他那反复的呼唤下，我逐渐平静了下来，眼泪虽止，颤抖未消，我浑身像冰冻一般寒冷。他试着用身子来温热我，把我紧紧地抱在怀中，他躺在我身边，他那有力的胳膊搂紧了我。我瑟缩地蜷在他怀里，不停地抽噎，不停地痉挛，于是，他开始吻我，吻我的鬓边，吻我的耳际，吻我的面颊，吻我的唇，他的声音震颤而焦灼地在我耳边响着：

"你没事吧，紫菱？你好一点了吗？你暖和了吗，紫菱？"他深深叹息，用充满了歉意的声调说，"原谅我，紫菱，我一时控制不住自己，但是，以后不会再发生了！真的，紫菱。"

我把头埋进了他那宽阔的胸怀中，在他那安全而温暖的怀抱里，我四肢的血液恢复了循环，我的身子温热了起来。我蜷缩在那儿，低低地细语：

"你以后不可以这样丢下我，我以为……我以为……"我啜嚅着，"你不要我了！"想到他跑走的那一刹那，我忍不住又打了个寒战。

他很快地托起我的下巴，深深地审视着我的眼睛，然后，他大大地叹了口气。

"我怎会不要你？傻瓜！"他喑哑地说，然后，他溜下来，用他的唇热烈地压在我的唇上。

第二天，是一个晴朗的好天气。

昨夜的不愉快，早就在泪水与拥抱中化解，新的一天，充满了活泼的朝气与美好的阳光。我一清早就起了床，云帆把为我准备好的衣服放在我面前。自从来欧洲后，我从来没有为"穿"伤过脑筋，因为，云帆一直有着浓厚的兴趣来装扮我，他给我买各种不同的服装，总能把我打扮得新颖而出色。我想，学室内设计的人天生对一切设计都感兴趣，包括服装在内。现在，我面前的是一套黑色的紧身衣裤，长筒马靴，一件鲜红色绲金边的大斗篷和一顶宽边的黑帽子，我依样装扮，揽镜自视，不禁"噗"的一声笑了出来。

"我像个墨西哥的野女郎，"我说，"或许是吉卜赛女郎！反正，简直不像我了。"

他走到我的身后，从镜子里看我。

"你美丽而清新，"他说，"你从不知道你自己有多美！有多可爱！"

我望着镜子，一时间有些迷惑。真的，我从小认为自己是只丑小鸭，可是，镜子中那张焕发着光彩的脸庞和那娇小苗条的人影却是相当动人的。或许，我只该躲开绿萍，没有她的光芒来掩盖我，我自己也未见得不是个发光体！又或者，是该有个云帆这样的男人来呵护我、照顾我，使我散发出自己的光彩来。我正出着神，云帆已一把拉住了我的手：

"走吧，野丫头，你不是心心念念要骑马吗？"

啊！骑马！飞驰在那原野中，飞驰在那丛林里！我高兴地欢呼，领先跑了出去。

那匹白马骄傲地看着我，我走过去，拍了拍它的鼻子，又喂了它两粒方糖。它是驯良而善解人意的小东西，立即，它亲热地用它的鼻子碰触着我的下巴，我又笑又叫又躲，因为它弄了我满脸的口水。云帆把马鞍放好，系稳了带子，他看着我。

"你可以上去了。"他说。

"啊呀！"我大叫，"我从没有骑过马，我根本不敢上去，它那么高，我怎么上去？"

"我抱你上去！"他笑着说，话没说完，已经把我举上了马背，帮我套好马镫，又把马缰放进了我手里，他笑嘻嘻地望着我，"任何事情都要有个第一次，骑马并不是很容易的事，但是，这匹马是经过特别训练的，它不会摔了你，何况，还有我保护着你呢！你放心地骑吧！"

我不放心也不成，因为马已经向前缓缓地跑出去了，我握紧了马缰，紧张得满头大汗。云帆骑着他的褐色马赶了过来，和我缓辔而行，不时指点我该如何运用马缰、马鞭和马刺。只一会儿，我就放了心，而且胆量也大了起来，那匹马确实十分温驯，我一拉马缰，向前冲了出去，马开始奔跑起来，我从不知道马的冲力会这样大，差点整个人滚下马鞍，云帆赶了过来，叫着说：

"你玩命吗，紫菱？慢慢来行吗？你吓坏了我！"

我回头看他，对着他嘻嘻笑。

"你看我不是骑得好好的吗？"

"你生来就是个冒险家！"他叫着，"现在，不许乱来，你给我规规矩矩地骑一段！"

哦，天是那样地蓝，树是那样地绿，湖水是那样地清澈，野百合是那样地芳香……我们纵骑在林中，在湖岸，在那绿色的草地上，在那林荫夹道的小径中。阳光从树隙里筛落，清风从湖面拂来，我们笑着、追逐着，把无尽的喜悦抖落在丛林内。

纵骑了整个上午，回到小屋内之后，我又累又乏，浑身酸痛。躺在壁炉前面，我一动也不能动了。云帆做了午餐，用托盘托到我面前来，他说：

"觉得怎样？"

"我所有的骨头都已经散了！"我说，"真奇怪，明明是我骑马，怎么好像是马骑我一样，我似乎比马还累！"

云帆笑了起来。

"谁叫你这样任性，一上了马背就不肯下来！"他把烤面包喂进我的嘴里，"你需要饱餐一顿，睡个午觉，然后我们去划划船、钓钓鱼。晚上，我们可以吃新鲜的活鱼汤！"

我仰躺在那儿，凝视着他。

"云帆，"我叹息地说，"我们过的是怎样一种神仙生活啊！"

是的，那年夏天，我们几乎都在这小木屋中度过了，划船、游泳、钓鱼、骑马……我们过的是神仙生活，不管世事的生活。我的骑马技术已经相当娴熟，我可以纵辔自如，那匹白马成了我的好友。我们常并骑在林内，也常垂钓在湖中。深夜，他的吉他声伴着我的歌声，我们唱活了夜、唱热了我们的心。

那是一段快乐的、无忧无虑的日子。只是，我们都非常小心地避免再提到楚濂。当冬季再来临的时候，湖边变得十分寒冷，生长在亚热带的我，一向最怕忍受的就是欧洲的冬季。于是，这年冬天，云帆带着我飞向了旧金山，因为，他说，他不能再不管旧金山的业务了。

旧金山的气候永远像台湾的春天，不冷也不热。他只用了一星期的时间在他的业务上，他最大的本领，就是信任帮他办事的朋友，奇怪的是，那些朋友居然没有欺骗过他。他从不和我谈他的生意，但我知道，他是在越来越成功的路上走着。因为，他对金钱是越来越不在意了。

我们在美国停留了半年，他带着我游遍了整个美国，从西而东，由南而北，我们去过雷诺和拉斯维加斯，我初尝赌博的滋味，曾纵赌通宵，乐而忘返。我们参观了好莱坞，去了狄斯耐乐园[1]。我们又开车漫游整个黄石公园，看那地上沸滚的泥浆和那每隔几小时就要喷上半天空的天然喷泉。我们到华盛顿看纪念塔，去纽约参观联合国，南下到佛罗里达，看那些发疯的美国女人，像沙丁鱼般排列在沙滩上，晒黑她们的皮肤。又北上直到加拿大，看举世闻名的尼亚加拉大瀑布。半年之内，我们行踪不定，却几乎踏遍了每一寸的美国领土。

就这样，时光荏苒，一转眼，我们结婚，离开台湾，已经整整两年了。这天，在我们旧金山的寓所里，我收到了父亲的来信，信中有一段是这样的：

"……常收到云帆的信，知道你们在欧洲都很惬意，我心堪慰。绿萍与楚濂已搬出楚家，另外赁屋居住，年轻一代和长辈相处，总是很难适应的，年来绿萍改变颇多。楚濂今年初已赴美，就读于威斯康星大学，并于今年春天和陶剑波结婚了，双双在美，似乎都混得不错。只是我们长一辈的，眼望儿女一个个长大成人，离家远

---

[1] 狄斯耐乐园：迪士尼乐园，Disneyland Park，世界知名主题乐园。

去，不无唏嘘之感！早上揽镜自视，已添不少白发。只怕你异日归来，再见到爸爸时，已是萧萧一老翁了。"

握着信，我呆站在窗口，默然凝思。一股乡愁突然从心中油然而起，我想起我的卧室，我的珠帘，我们那种满玫瑰和扶桑的花园，那美丽的美丽的家！我想起父亲、母亲、绿萍……和我们共有的那一段金黄色的日子！我也想起楚濂、陶剑波、楚漪……和我们那共有的童年！我还想起台北的雨季，夏日的骄阳……奇怪，去了半个地球之后，我却那么强烈地怀念起地球那边那个小小的一隅！我的家乡！我所生长的地方！

云帆悄悄地走了过来，从我身后抱住了我。

"你在想什么？"他温柔地问，"你对着窗外已经发了半小时呆了，窗外到底有些什么？"

"除了高楼大厦之外，一无所有。"我说。

"哦？"他低应了一声，沉默片刻之后，他问："是谁写来的信？"

我把父亲的来信递给了他。

第二天，云帆从外面回来，一进门就嚷：

"收拾箱子，紫菱！"

"又要出门吗？"我惊奇地问，"这次，你想带我到什么地方去？"

他走向我，伸手递给我两张机票，我接过来，中华航空公司，直飞台北的单程票！我喘了一口气，仰起头来，我含泪望着云帆，然后，我大喊了一声：

"云帆！你是个天才！"

扑向了他，我给了他热烈的一吻。

.

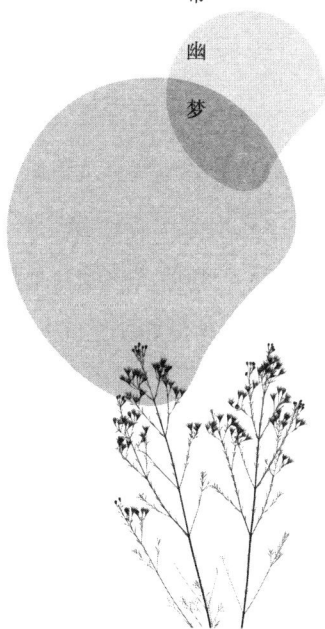

一帘幽梦

拾柒

SEVENTEEN

绿萍，绿萍，别来无恙乎？楚濂，楚濂，别来无恙乎？

还有什么喜悦能够比重回到家中更深切？还有什么喜悦能比再见到父母更强烈？为了存心要给他们一个意外，我没有打电报，也没有通知他们。因此，直到我们按了门铃，阿秀像发现新大陆般一路嚷了进去：

"二小姐回来了！二小姐回来了！二小姐回来了！"

父亲和母亲从楼上直冲下来，这才发现我们的归来。他们站在客厅里，呆了、傻了，不敢相信地瞪着我们。我冲了过去，一把抱住母亲的脖子，又哭又笑地吻着她，一迭连声地喊着：

"是我！妈妈，我回来了！是我！妈妈！"我再转向父亲，扑向他的怀里，"爸爸，我回来了！我回来了！"

"天哪！"母亲叫，用手揉着眼睛，泪水直往面颊上流，"真是你，紫菱？我没有做梦？"

我又从父亲怀里再扑向母亲。

"妈妈，真的是我！真的！真的！"我拼命亲她，抱她，"妈妈，我好想你，好想你，好想你！"

"哦！"父亲喘了一口大气，"你们怎么这样一声不响地就回来了？"

我又从母亲怀里转向父亲，搂住他的脖子，我把面颊紧贴在他的面颊上。

"哦，爸爸，"我乱七八糟地嚷着，"你一点都没有老！你还是那么年轻！那么漂亮！你骗我！你根本没有白头发！你还是个美男子！"

"哦呀，"父亲叫着，勉强想维持平静，但是他的眼眶却是潮湿的，"你这个疯丫头！云帆，怎么你们结婚了两年多，她还是这样疯疯癫癫的呀？"

云帆站在室内，带着一个感动的笑容，他默默地望着我们的"重聚"。听到父亲的问话，他耸了耸肩，笑着说：

"江山易改，本性难移！只怕再过十年，她还是这副样子！"

母亲挤过来，把我又从父亲怀里"抢"了过去，她开始有了真实感了，开始相信我是真的回来了！握着我的手臂，她上上下下地打量我，又哭又笑地说：

"让我看看你，紫菱！让我看你是胖了还是瘦了？哦！紫菱，你长大了，你变漂亮了！你又美又可爱！"

"那是因为你好久没有看到我的缘故，妈妈！我还是个丑丫头！"

"胡说！"母亲喊，"你一直是个漂亮的孩子！"

"好了，舜涓，"父亲含泪笑着，"你也让他们坐一坐吧，他们飞了十几个小时呢！"

"哦！"母亲转向云帆了，"你们怎么会忽然回来的？是回来度假还是长住？是为了你那个餐馆吗？你们会在台湾待多久？……"

一连串的问题，一连串等不及答案的问题。云帆笑了，望着我，他说：

"我想，"他慢吞吞地说，"我们会回来长住了，是吗，紫菱？或许每年去欧洲一两个月，但却以台湾为家，是吗，紫菱？"

哦！善解人意的云帆，他真是个天才！我拼命地点头，一个劲儿地点头。

"哦呀！"母亲叫，"那有多好！那么，你们先住在这儿吧，紫菱，你的卧房还保持着原来的样子呢！你窗子上的那些珠帘，我们也没动过，连你墙上那些乱七八糟的画儿，也还贴在那儿呢！"

母亲永远称我那些"艺术海报"为"乱七八糟的画儿"，我高兴地叫着：

"是吗？"

就一口气冲上了楼，一下子跑进我的屋子里。

哦，重临这间卧室是多大的喜悦！多亲密的温馨！我走到窗前，拨弄着那些珠子，抚摩我的书桌，然后，我在床上坐了下来，用手托着下巴，呆愣愣地看着我那盏有粉红色灯罩的小台灯。

母亲跟了进来，坐在我身边，我们母女又重新拥抱了一番，亲热了一番，母亲再度审视我，一遍又一遍地打量我，然后，她握住了我的手，亲昵地问：

"一切都好吗，紫菱？云帆有没有欺侮过你？看你这身打扮，他一定相当宠你，是吗？"

"是的，妈妈。"我由衷地说，"他是个好丈夫，我无法挑剔的好丈夫，他很宠我，依顺我，也——"我微笑着，"从没有再交过女朋友！"

"哦！"母亲欣慰地吐出一口长气来，低语着说，"总算有一个还是幸福的！"

这话是什么意思？我惊觉地望着母亲，把握着云帆还没有上楼的机会，我问：

"怎么？绿萍不幸福吗？"

"唉！"母亲长叹了一声，似乎心事重重，她望了我一眼，用手抚摩着我已长长了的头发，她说："我真不知道他们是怎么回事，紫菱，他们相处得很坏。最近，他们居然闹着要离婚！我不了解他们，我不了解楚濂，也不了解绿萍。现在，你回来了，或许一切都会好转了。有机会，你去劝劝他们，跟他们谈谈，你们年轻人比较能够谈得拢，而且，你们又是从小一块儿长大的。"

母亲的这番话使我整个地呆住了。楚濂和绿萍，他们并不幸福！他们处得很坏！他们要离婚！可能吗？我默然良久，然后，我问：

"他们为什么处得不好？"

"我也不知道。"母亲又叹了口气，"反正，绿萍已不是当年的绿萍了，她变了！自从失去一条腿后，她就变了！她脾气暴躁，她性格孤僻，她首先就和你楚伯母闹得不愉快，只好搬出去住，现在又和楚濂吵翻了天。哦……"母亲忽然惊觉地住了口，"瞧我，看到你就乐糊涂了，干吗和你谈这些不愉快的事呢？还是谈谈你吧！"她神秘地看了看我，问："怎么一点消息都没有吗？"

"什么消息？"我不解地问。

"你——"她又对我神秘地微笑，"有没有呢？"

"有没有？"我更糊涂了。

"孩子呀！"母亲终于说了出来，"云帆不年轻了，你也该生了，别学他们老是避孕。"

"学谁？"我红了脸。

"绿萍呀，她就不要孩子！其实，他们如果能有个孩子，也不至于天天吵架了。"

"哦！"我有些失神地笑笑，"不，我们没有避，只是一直没有，我想，这事也得听其自然的！"

"回台湾后准会有！"母亲笑着，"亚热带的气候最容易怀孩子，你放心！"

这谈话的题材使我脸红，事实上，我根本没想过生儿育女的问题。但是，我的心神却被绿萍和楚濂的消息扰乱了，他们不要孩子？他们天天吵架？我精神恍惚了起来，母亲还在说着什么，我已经听不进去了。父亲和云帆及时走了进来，打断了母亲的述说，也打断了我的思绪。父亲笑着拍拍母亲的肩：

"好哦，你们母女马上就躲在这儿说起悄悄话来了！舜涓，你还不安排一下，该打电话给绿萍他们，叫他们来吃晚饭！还要通知云舟。同时，也该让云帆和紫菱休息一会儿，他们才坐过长途的飞机！"

"哦，真的！"一句话提醒了母亲，她跳起来，"我去打电话给绿萍，假若她知道紫菱回来了，不乐疯了才怪呢！"

"噢！"我急急地说，"叫绿萍来并不妥当吧，她的腿不方便，不如我去看她！"

"她已经装了假肢，"父亲说，"拄着拐杖，她也能走得很稳了，两年多了，到底不是短时间，她也该可以适应她的残疾了。你去看她反而不好！"

"怎么？"我困惑地问。

"她家里经常炊烟不举，如何招待你吃晚饭？"

"哦——"我拉长了声音，"他们没有请用人吗？"

"他们请的，可是经常在换人，现在又没人做了。"父亲深深地看了我一眼，"绿萍是个很难侍候的主妇！"

我的困惑更深了，绿萍，她一向是个多么温柔而安静的小妇人呀！可是……他们都在暗示些什么？我越来越糊涂了，越来越不安了。父亲再看了我们一眼：

"你们小睡一下吧！等一会儿我来叫你们！"

"哦，爸爸！"我叫，"我这么兴奋，怎么还睡得着？"

"无论如何，你们得休息一下！"父亲好意地、体贴地笑着，退了出去，并且，周到地为我们带上了房门。

室内剩下了我和云帆，他正默默地望着我，脸上有个似笑非笑的表情。走近了我，他低语：

"这下好了，你马上可以和你的旧情人见面了！"

我倏然抬起头来，厉声地喊：

"云帆！"

他蹲下身子，一把捉住了我的手。他脸上的笑容消失了，取而代之的，是一层深刻的、严肃的、郑重的表情，他凝视着我的眼睛，清晰地说：

"听我说！紫菱！"

我望着他。

"是我要你的父亲马上找楚濂来，"他说，"是我要你今天就见到他们，因为你迟早要见到的！他们夫妇似乎处得并不好，他们似乎在酝酿着离婚，我不知道这事对你会有什么影响，但是，我已经把你带回来了！"他深深地、深深地看着我，"我只要求你一件事，你要冷静，你要运用你的思想。同时，我要告诉你，我永远站在你的身边！"

我注视着他，然后我把头依偎进了他的怀里。

"为什么你要带我回来？"我低问。

"我要找寻一个谜底。"

"我不懂。"

"你不用懂，那是我的事。"他说，"主要的原因，是你想家了。"

抬起头来，我再注视他。

"云帆！"我低叫。

"嗯？"他温柔地看着我。

"你说你永远站在我身边？"

"是的。"

"我也只想告诉你一句话。"我由衷地说。

"是什么？"

"我是你的妻子。"

我们相对注视，然后，他吻了我。

"够了，"他低语，"我们都不必再说什么多余的话了，不是吗？"他摸摸我的面颊，"现在，试着睡一睡，好不好？"

"我不要睡，"我说，"我猜想绿萍他们马上会来，而且，我要到厨房去找妈妈说话——我不累，真的。"

他点点头，微笑着。

"最起码，你可以换件衣服吧！我很虚荣，我希望我的小妻子看起来容光焕发！"

我笑了，吻了吻他的鼻尖。

"好了，你是我的主人，安排我的一切吧！我该穿哪一件衣服？"

我们的箱子，早就被阿秀搬进卧室里来了。

半小时后，我穿了一件鹅黄色软绸的长袖衬衫，一条鹅黄色底有咖啡色小圆点的曳地长裙，腰上系着鹅黄色的软绸腰带。淡淡地施了脂粉，梳了头发，我长发垂肩，纤腰一握，镜里的人影飘逸潇洒。云帆轻吹了一声口哨，从我身后一把抱住我的腰。

"你是个迷人的小东西！"他说。

对镜自视，我也有些眩惑。

"妈妈说得对，"我说，"你改变了我！"

"是你长大了，"云帆说，"在你的天真中再加上几分成熟，你浑身散发着诱人的光彩！"

我的脸发热了，用手指头刮着脸羞他。

"你少'情人眼里出西施'了！"

"你知道我是'情人眼里出西施'也就够了！"他又话中有话。

我瞪了他一眼，无心去推测他话里的意思，翻开箱子，我找出带给父亲母亲的礼物，由于回来得太仓促，东西是临时上街去买的，幸好云帆是个阔丈夫，在需要用钱的时候从未缺少过，这也省去许多麻烦。我给父亲的是两套西装料，都配好了调和色的领带和手帕。给母亲的是一件貂皮披肩。拿着东西，我冲下了楼，高声地叫着爸爸妈妈，母亲从厨房里冲了出来，看着那披肩，她就莫名其妙地哭了起来，拥着那软软的皮毛，她一面擦眼泪，一面说：

"我一直想要这样一件披肩。"

"我知道的。"我说。

"你怎么知道?"母亲含泪望我。

"我是你的女儿,不是吗?"我说。

于是,母亲又一下子拥抱住了我,抱得紧紧的。

父亲看到礼物后的表情却和母亲大不相同,他审视那西装料和领带手帕,很感兴趣地问:

"这是谁配的色?"

"云帆。"我说。

他再上上下下地打量我。

"你的服装呢?"

"也是他,他喜欢打扮我。"

父亲掉头望着云帆,他眼底闪烁着一层欣赏与爱护的光芒,把手压在云帆的肩上,他说:

"我们来喝杯酒,好吗?"

我望着他们,他们实在不像父亲和女婿,只像一对多年的知交,但是,我深深地明白,他们是彼此欣赏、彼此了解的。礼物被捧上楼去了,我又挑了一个小别针送给阿秀,赢得阿秀一阵激动的欢呼。我再把给绿萍和楚濂的东西也准备好,绿萍是一瓶香水,楚濂的是一套精致的袖扣和领带夹。东西刚刚准备妥当,门铃已急促地响了起来,云帆很快地扫了我一眼,我竭力稳定自己的情绪,但是,我的心却跳得比门铃还急促。绿萍,绿萍,别来无恙乎?楚濂,楚濂,别来无恙乎?

首先走进客厅的是绿萍,她拄着拐杖,穿着一件黑色的曳地长裙,长裙遮住了她的假肢,却遮不住她的残缺,她走得一瘸一拐。一进门,她给我的第一个印象,就是她胖了,往日的轻盈苗条已成过去,她显得臃肿而迟钝。我跑过去，一把握住了她的手，我叫着说：

"绿萍，你好吗？我想死你们了！"

"是吗？"绿萍微笑着望着我，把我从头看到脚，漫不经心似的问，"你想我还是想楚濂？"

再也料不到我迎接的第一句话竟是这样的！我呆了呆，立即有些手足失措。然后，我看到了楚濂，他站在绿萍身后，和绿萍正相反，他瘦了！他看来消瘦而憔悴，但是，他的眼睛却依然晶亮，依然有神，依然带着灼灼逼人的热力，他一眨也不眨地盯着我。

"紫菱，你在欧洲一定生活得相当好，你漂亮清新得像一只刚出浴的天鹅！"他说，毫不掩饰他声音里的赞美与欣赏。也毫不掩饰他眼睛里的深情与激动。

"哈！"绿萍尖锐地说，"丑小鸭已经蜕变成了天鹅，天鹅却变成了丑小鸭！爸爸，妈！你们注定了有一对女儿，分饰天鹅与丑小鸭两个不同的角色！"

云帆大踏步地走了过来，把我挽进了他的臂弯里。

"紫菱！"他说，"不要让你姐姐一直站着，她需要坐下来休息。"

"是的。"我应着，慌忙和云帆一块儿退开去。

"云帆！"绿萍尖声说，脸上带着一份嘲弄的笑，"我虽然残废，也用不着你来点醒啊！倒是你真糊涂，怎会把这只美丽的小天鹅带回台湾来！你不怕这儿到处都布着猎网吗？你聪明的话，把你的小天鹅看看紧吧！否则，只怕它会拍拍翅膀飞掉了！"

"绿萍！"楚濂蹙着眉头，忍无可忍地喊，"紫菱才回来，你别这样夹枪带棒的好不好？"

　　"怎么？"绿萍立即转向楚濂，她仍然在笑，但那笑容却冷酷而苛刻，"我正在劝我妹夫保护我的妹妹，这话难道也伤到你了吗？"

　　"绿萍！"楚濂恼怒地喊，他的面色苍白而激动，他重重地喘着气，却显而易见在努力克制自己不马上发作。

　　"哎呀，"云帆很快地说，笑着，紧紧地挽住我，"绿萍，谢谢你提醒我。其实，并不是在台湾我需要好好地看紧她，在欧洲，我一样提心吊胆呢！那些意大利人，天知道有多么热情！我就是不放心，才把她带回来呢！"

　　"云帆，"我勉强地微笑着，"你把我说成一个风流鬼了！"

　　"哈哈！"云帆纵声大笑，"紫菱，我在开玩笑，你永远是个最专一的妻子！不是吗？"

　　不知怎的，云帆这句话却使我脸上一阵发热。事实上，整个客厅里的这种气氛都压迫着我，都使我透不过气来。我悄眼看绿萍，她正紧紧地盯着我，于是，我明白，她什么都知道了！楚濂一定是个傻瓜，会把我们那一段告诉她！不过，也可能，楚濂没有说过，而是她自己体会出来的。我开始觉得，我回来，是一个完全错误的决定了。

　　父亲走了过来，对于我们这种微妙的四角关系，他似乎完全体会到了。他把手按在绿萍的肩上，慈爱地说：

　　"绿萍，坐下来吧！"

　　绿萍顺从地坐了下去，长久的站立对她显然是件很吃力的事情。阿秀倒了茶出来，戴着我送她的别针。于是，我突然想起我要送绿萍和楚濂的礼物。奔上楼去，我拿了礼物下来，分别交给绿萍和楚濂，我笑着说：

"一点小东西，回来得很仓促，没有时间买！"

绿萍靠在沙发中，反复看那瓶香水，那是一瓶著名的"CHANEL No. 5"，她脸上浮起一个讽刺性的微笑，抬起眼睛来，她看着我说：

"紫菱，你很会选礼物！CHANEL No.5！有名的香水！以前玛丽莲·梦露被记者访问，问她晚上穿什么睡觉。她的回答是CHANEL No.5！因此，这香水就名噪一时了！可惜，我不能只穿这个睡觉！紫菱，你能想象一个有残疾的人，穿着CHANEL No.5睡觉吗？"

我瞠目结舌，做梦也想不到绿萍会说出这样一篇话来！楚濂又按捺不住了，他大声地叫：

"绿萍！人家紫菱送东西给你，可不是恶意！"

绿萍迅速地掉头看着楚濂：

"用不着你来打抱不平！楚濂！我们姐妹有我们姐妹间的了解，不用你来挑拨离间！"

"我挑拨离间吗？"楚濂怒喊，额上青筋暴露！"绿萍！你真叫人无法忍耐！"

"没有人要你忍耐我！"绿萍吼了回去，"你不想忍耐，尽可以走！你又没有断掉腿，是谁拴住你？是谁让你来忍受我？"

"绿萍！"母亲忍不住插了进来，"今天紫菱刚刚回来，一家人好不容易又团聚在一起了，你们夫妻吵架，好歹也等回去之后再吵，何苦要在这儿大呼小叫，破坏大家的兴致！"

"妈妈，你不知道，"绿萍咬牙说，"楚濂巴不得吵给大家听呢！尤其是今天这种场合！此时不吵，更待何时？是吗，楚濂？你存心在找我麻烦，是吗，楚濂？"

楚濂脸上青一阵，白一阵，红一阵，他的手握着沙发的靠背，握得那么紧，他的手指都陷进沙发里去了。他的呼吸剧烈地鼓动着胸腔，他哑声地说：

"绿萍，我看我们还是回去的好。"

"哈！"绿萍怪叫，"你舍得吗？才来就走？"

"好了！"父亲忽然喊，严厉地看着绿萍和楚濂，"谁都不许走！你们吃完晚饭再走！要吵架，回去再吵！你们两个人维持一点面子好吗？"

"面子？"绿萍大笑，"爸爸，你知道吗？我们这儿就是一个面子世界！大家都要面子而不要里子，即使里子已经破成碎片了，我们还要维持面子！"

"绿萍，你少说两句行不行？"父亲问。

"我自从缺少一条腿之后，"绿萍立即接口，"能运用的就只有一张嘴，难道你们嫌我做了跛子还不够，还要我做哑巴吗？"

"跛子！"楚濂叫，他的脸色已经变得铁青了，"我为你这一条腿，付出的代价未免太大了！"

"你后悔吗？"绿萍厉声叫，"你还来得及补救，现在紫菱已经回来了，要不要……"

楚濂一把用手蒙住了绿萍的嘴，阻止了她下面的话。我惊愕地望着他们，于是，我的眼光和楚濂的接触了，那样一对燃烧着痛楚与渴求的眼光！这一切的事故击碎了我，我低喊了一声：

"天哪！"

就转身直奔上了楼，云帆追了上来，我们跑进卧室，关上了房门。

立即，我坐在床头，把头扑进手心中，开始痛哭失声。

云帆蹲在我面前，捉住了我的双手。

"紫菱！"他低喊，"我不该带你回来！"

"不不！"我说，"我为绿萍哭，怎么样也想不到她会变成这样子！"我抬眼看着云帆，"云帆，人类的悲剧，就在于不知道自己在做什么。"

"你呢？"他深深地凝视着我说，"你知道自己在做什么吗？"

我用手揽住他的头，直视着他的眼睛。

"我知道，云帆，我们要留下来，在台湾定居。同时，要帮助绿萍和楚濂。"

他注视了我好一会儿。

"你在冒险，只怕救不了火，却烧了自己。"他低语，"但是，或许我是傻瓜，我要留下来，"他咬了咬牙，"看你如何去救这场火！"

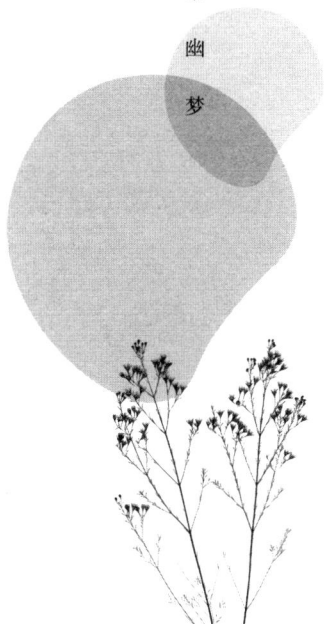

一
帘
幽
梦

拾捌

EIGHTEEN

她说对了，我那个温柔多情的姐姐已经死了！面前这个冷漠的女人，除了残存的
一丝野心之外，只有残忍与冷酷！

一星期后，我和云帆迁进了我们的新居，那是在忠孝东路新建的一座豪华公寓里。四房两厅，房子宽敞而舒适，和以往我们住过的房子一样，云帆又花费了许多精力在室内装饰上，客厅有一面墙，完全是用竹节的横剖面，一个个圆形小竹筒贴花而成。橘色地毯，橘色沙发，配上鹅黄色的窗帘。我的卧室，又和往常一样，有一面从上到下的珠帘，因为这间卧室特别大，那珠帘就特别醒目，坐在那儿，我像进了蓝天咖啡馆。云帆对这房子并不太满意，他说：

"总不能一直住在你父母那儿，我们先搬到这儿来住住，真要住自己喜欢的房子，只有从买地画图，自己设计开始，否则永不会满意。"他揽住我，"等你决定长住了，让我来为你设计一个充满诗情画意的小别墅。"

"我们不是已经决定长住了吗？"我说。

"是吗？"他看了我一眼，似笑非笑的，"只怕你……引火焚身，我们就谁也别想长住。"

"你不信任我，云帆？"

"不是你把你自己交给我的，紫菱，"他深思地说，靠在沙发上，"是命运把你交给我的，至今，我不知道命运待我是厚是薄，我也不知道命运对我下一步的安排是什么。"他吸了一口烟，喷出一个大大的烟圈，"我只知道一件事，那个楚濂，他在千方百计想找机会接近你。"

"我们说好不再为这问题争执，是不是？"我说，"你明知道，我只是想帮助他们！"

他走近了我，凝视着我的眼睛。

"但愿我真知道你想做些什么！"他闷声地说，熄掉了烟蒂，"好了，不为这个吵架，我去餐厅看看，你呢，下午想做些什么？"

"我要去看看绿萍。"我坦白地说，"趁楚濂去上班的时候，我想单独跟绿萍谈谈。你知道，自从我回来后，从没有机会和绿萍单独谈话。"

他把双手放在我的肩上，然后，他吻了吻我。

"去吧！祝你幸运！"

"怎么？"我敏感地问。

"你那个姐姐，现在是个难缠的怪物！你去应付她吧！但是，多储蓄一点儿勇气，否则，你非败阵而归不可！"他顿了顿，又说："早些回来，晚上我回家接你出去吃晚饭！"

于是，这天午后，我来到绿萍的家里。

我没有先打电话通知，而是突然去的，因为我不想给她任何心理上的准备。她家住在敦化南路的一条小巷里，是那种早期的四层楼公寓，夹在附近新建的一大堆高楼大厦中，那排公寓显得黯淡而简陋。大约由于绿萍上楼的不方便，他们租的是楼下的一层，楼下唯一的优点，是有个小小的院了。我在门口站立了几秒钟，然后，我伸手按了门铃。

门内传来绿萍的一声大吼：

"自己进来！门又没有关！"

我伸手推了推门，果然，那门是虚掩着的。我走进了那水泥铺的小院子。才跨进去，一个十五六岁的女孩子从里面冲出来，差点和我撞了一个满怀。我吓了一大跳，又听到绿萍的声音从室内转了出来：

"阿珠，你瞎了眼，乱冲乱撞的！"

那叫阿珠的小姑娘慌忙收住了脚步，一脸的惊恐，她对室内解释似的说：

"我听到门铃响，跑出来开门的！"

"别人没有腿，不会自己走呀！"绿萍又在叫，"你以为每个客人都和你家太太一样，要坐轮椅吗？"

我对那惊慌失措的阿珠安慰地笑了笑，低声说：

"你是新来的吧？"

"我昨天才来！"阿珠怯怯地说，"我还没有习惯！对不起，撞了你！"

"没关系！"我拍拍她的肩，"太太身体不好，你要多忍耐一点啊！"

小阿珠瞪大了眼睛，对我一个劲儿地点头。

"喂！紫菱！"绿萍把头从纱门里伸了出来，直着脖子叫，"我早就看到是你了，你不进来，在门口和阿珠鬼鬼祟祟说些什么？那阿珠其笨如牛，亏你还有兴趣和她谈话，这时代，用下女和供祖宗差不多！三天一换，两天一换，我都要被她们气得吐血了！"

我穿过院子，推开纱门，走进了绿萍的客厅。绿萍正坐在轮椅上，一条格子布的长裙遮住了她的下半身。这已是夏天了，她上身穿着件红色大花的衬衫，与她那条格子长裙十分不配。我奇怪，以前绿萍是最注重服装的，现在，她似乎什么都不在乎了。她的头发蓬乱，而面目浮肿，她已经把她那头美好的长发剪短了，这和我留长了一头长发正相反。

"紫菱，你随便坐吧！别希望我家里干干净净，我可没有那份闲情逸致收拾房间!"

我勉强地微笑着,在沙发上坐下来,可是,我压着了一样东西,使我直跳了起来,那竟是绿萍的那只假腿!望着那只腿,我忽然觉得心中一阵反胃,差点想呕吐出来。我从不知道一只栩栩如生的假腿会给人这样一种肉麻的感觉,而最让我惊奇的,是绿萍居然这样随意地把它放在沙发上!而不把它放在壁橱里或较隐蔽的地方,因为,无论如何,这总不是一件让人看了愉快的东西。

我的表情没有逃过绿萍尖锐的目光。

"哦,怎么了?"她嘲弄地问,"这东西使你不舒服吗?可是,它却陪伴了我两年多了!"

"啊,绿萍!"我歉然地喊,勉强压下那种恶心的感觉,"我为你难过。"

"真的吗?"她笑笑,"何苦呢?"推着轮椅,她把那只假腿拿到卧室里去了。

我很快地扫了这间客厅一眼,光秃秃的墙壁,简单的家具,零乱堆在沙发上的报纸和杂志,磨石子的地面上积了一层灰尘……整个房间谈不上丝毫的气氛与设计,连最起码的整洁都没有做到。我想起绿萍穿着一袭绿色轻纱的衣服,在我家客厅中翩然起舞的姿态,不知怎的,我的眼眶不由自主地潮湿了。

绿萍推着轮椅从卧室里出来了,同时,阿珠给我递来了 杯热茶。

"还喝得惯茶吗?"绿萍的语气里又带着讽刺,"在欧洲住了那么久,或许你要杯咖啡吧!"

"不不,"我说,"我在欧洲也是喝茶。"

"事实上,你即使要咖啡,我家也没有!"绿萍说,上上下下地打量我。我已经有了先见之明，故意穿得很随便、很朴实，我穿的是件粉红色的短袖衬衫，和一条纯白色的喇叭裤。但是，我发现，即使是这样简单的装束，我仍然刺伤了她，因为，她的眼光在我那条喇叭裤上逗留了很久很久。然后，她抬头直视我的眼睛："你来得真不凑巧，紫菱，楚濂下午是要上班的。"她说，颇有含意地微笑着。

"我知道他下午在上班，"我坦率地凝视着她，"我是特地选他不在家的时间，来看你的。"

"哦！"她沉吟片刻，唇边浮起一个揶揄的笑，"到底是我亲爱的小妹妹，居然会特地来看我！"

"绿萍，"我叫，诚恳地望着她，"请你不要这样嘲弄我，好吗？我是很真心很真心地来看你，我觉得，我们姐妹间可以开诚布公地谈话，像以前我们没有结婚的时候一样，那时候，我们不是很亲密吗？"

"是的，"绿萍的笑容消失了，她眼底竟浮起一丝深深的恨意，"那时候，我们很亲密，我甚至把不可告人的秘密都告诉了你。但是，我那亲爱的小妹妹却从没有对我坦白过！"

"哦，绿萍，"我蹙紧眉头，"我很抱歉，真的！"

"抱歉什么？"她冷笑了起来，"抱歉我失去了一条腿吗？抱歉你对我的施舍吗？"

"施舍？"我不解地问。

"是的，施舍！"她强调地说，"你把楚濂施舍给我！你居然把你的爱情施舍给我！你以为，这样子我就会幸福了？得到一个不爱我的男人，我就幸福了？紫菱，你是天下最大最大的傻瓜！你做了一件不可原谅的错事！紫菱，你知道是什么毁了我吗？不只是失去的一条腿，毁灭我的根源是这一段毫无感情的婚姻！紫菱，你真聪明，你真大方，你扼杀了我整个的一生！"

"啊！"我惊愕地、悲切地看着她，"绿萍，你不能把所有的罪过归之于我，我总不是恶意……"

"不把罪过归之于你，归之于谁呢？"她打断了我，大声地嚷，"归之于楚濂，对吗？"

"不！"我摇头，"楚濂也没有恶意……"

"是的，你们都没有恶意！是的，你们都善良！是的，你们都神圣而伟大！你们是圣人！是神仙！可是，你们把我置之于何地呢？你们联合起来欺骗我，让我相信楚濂爱的是我，让我去做傻瓜！然后，你们这些伟人，你们毁掉了我，把我毁得干干净净了！"

"哦，绿萍！"我叫着，感到额上冷汗，"你怎么会知道？怎么会知道？"

"怎么会知道？"她压低了声音，幽幽地自语着，"紫菱，我不会一辈子当傻瓜！一个男人爱不爱你，你心里总会有数。你知道我们的婚姻生活是怎样的吗？你知道他可以一两个月不碰我一下吗？你知道他做梦叫的都是你的名字吗？你知道他常深宵不睡，坐在窗前背你那首见鬼的《一帘幽梦》吗？你知道这两年多的日子里，每一分钟，每一秒钟，你都站在我和他的中间吗？……"

"哦！"我用手支住额，低低地喊，"我的天！"

"怎么会知道？"她又重复了一句，"我们彼此折磨，彼此怨恨，彼此伤害……直到大家都忍无可忍，于是，有一天，他对我狂叫，说他从没爱过我！他爱的是你！为了还这条腿的债他才娶我！他说我毁了

他，我毁了他！哈哈！"她仰天狂笑，"紫菱！你是我亲密的小妹妹，说
一句良心话！到底我们是谁毁了谁？"

我望着绿萍，她乱发蓬面，目光狂野，我骤然发现，她是真的被毁
掉了！天哪，人类能够犯多大的错误，能够做多么愚蠢的事情！天哪，
人类自以为是万物之灵，有思想，有感情，有理智，于是，人类会做
出最莫名其妙的事情来。我深吸了一口气，明知道现在说任何话都是多
余，我仍然忍不住，勉强地吐出一句话来：

"绿萍，或许一切还来得及补救，爱情是需要培养的，如果你和楚濂
能彼此迁就一点……"

"迁就？"绿萍又冷笑了起来，她盯着我，"我为什么要迁就他？弄
断了我一条腿的是他！不是吗？害我没有去留学的是他！不是吗？欺骗
我的感情的也是他，不是吗？我还要去迁就他吗？紫菱！你不要太天真
了，让我告诉你一件事实吧，我现在在这个世界上最恨的一个人，就是
楚濂！"

我睁大了眼睛，不敢相信地看着绿萍，我从没听过一种声音里充
满了这么深的仇恨！不到三年以前，我还听过绿萍对我低诉她的爱情，
她的梦想，曾几何时，她却如此咬牙切齿地吐出楚濂的名字！哦，人
类的心灵是多么狭窄呀！爱与恨的分野居然只有这么细细的一线！我呆
了！我真的呆了！面对着绿萍那对发火的眼睛，那张充满仇恨的面庞，
我一句话也说不出来了。我们相对沉默了一段很长的时间，最后，还是
我先开了口，我的声音软弱而无力。

"那么，绿萍，你们预备怎么办呢？就这样彼此仇视下去吗？"

"不。"她坚决地说，"事情总要有一个了断！我已经决定了，错误的

事不能一直错下去！唯一的解决办法，是我和他离婚！"

"离婚！"我低喊，"你怎能如此容易就放弃一个婚姻？那又不是小孩子扮家家，说散就散的事情！绿萍，你要三思而行啊，失去了楚濂，你再碰到的男人，不见得就比楚濂好！"

"失去？"她嗤之以鼻，"请问，你从没有得到过的东西，如何失去法？"

"这……"我张口结舌，无言以对。

"紫菱，你不要再幼稚吧！"绿萍深深地看着我，"你以为离婚是个悲剧吗？"

"总不是喜剧吧？"我愣愣地说。

"悲剧和喜剧是相对的，"她凄然一笑，"我和楚濂的婚姻，已变成世界上最大的悲剧，你认为我们该维持这个悲剧吗？"

我默然不语。

"结束一个悲剧，就是一件喜剧，"她慢吞吞地说，"所以，如果我和楚濂离了婚，反而是我们两个人之幸，而不是我们两个人之不幸。因为，不离婚，是双方毁灭，离了婚，他还可以去追求他的幸福，我也还可以去追求我的！你能说，离婚不是喜剧吗？"

我凝视着绿萍，从什么时候开始，她变成一个口舌伶俐的善辩家了？

"好吧，"我投降了，我说不过她，我更说不过她的那些"真实"，"你决定要离婚了？"

"是的！"

"离婚以后，你又预备做什么？"

她仰起头来，她的脸上忽然焕发出了光彩，她的眼睛燃亮了。在这一瞬间，我又看到了她昔日的美丽。她抬高下巴，带着几分骄傲地说：

"我要去美国！"

"去美国？"我惊呼。

"怎么？"她尖刻地说，"只有你能去欧洲，我就不能去美国了吗？"

"我不是这意思，"我讷讷地说，"我只是想知道，你去美国做什么？"

"很滑稽，"她自嘲似的笑着，"记得在我们读书的时代，我很用功，你很调皮，我拼命要做一个好学生，要争最高的荣誉，你呢？你对任何事都满不在乎。我想去留学，看这个世界有多大，要拿硕士，拿博士！你只想待在台湾，弹弹吉他，写写文章，做一个平凡的人！结果呢？你跑遍了大半个地球，欧洲、美洲，十几个国家！我呢？"她摊了摊手，激动地叫，"却守在这个破屋子里，坐在一张轮椅上！你说，这世界还有天理吗？还有公平吗？"

我睁大了眼睛，瞪视着她，我又瞠目结舌了。

"这是机遇的不同，"半晌，我才勉强地说，"我自己也没料到，我会去跑这么一趟。可是，真正跑过了之后，我还是认为：回来最好！"

"那是因为你已经跑过了，而我还没有跑过！"她叫着说，"你得到了的东西，你可以不要。但是，你去对一个渴望这件东西而得不到的人说，那件东西根本没什么了不起。你这算什么呢？安慰还是嘲笑？"

"绿萍，"我忍耐地说，"你知道我没有嘲笑你的意思。你既然那样想去美国，你还是可以出去的。"

"我也这样想，所以我已经进行了。"

"哦？"

"记得在我结婚的前一天，我曾经撕掉了麻省理工学院的通知书吗？"

我点点头。

"我又写了一封信去，我告诉他们，我遭遇了车祸，失去了一条腿，我问他们对我这个少了一条腿的学生还有没有兴趣，我相信，那条腿并不影响我的头脑！结果，他们回了我一封信！"

"哦？"我瞪着她。

"他们说，随时欢迎我回去！并且，他们保留我的奖学金！"她发亮的眼睛直视着我，"所以，现在我唯一要解决的问题，就是我和楚濂的婚姻！"

我呆呆地看着她，我想，自从走进这间客厅后，我就变得反应迟钝而木讷了。

"楚濂，他同意离婚吗？"我终于问出口来。

"哈哈哈！"她忽然仰天狂笑，笑得前俯后仰，笑得神经质，"他同意离婚？你真会问问题！亏你想得出这种问题！他同意离婚？世界上还有比摆脱一个残废更愉快的事吗？尤其是，他所热爱了那么久的那只小天鹅，刚刚从海外飞回来的时候！"

"绿萍！"我叫，我想我的脸色发白了，"你是什么意思？"

"我的意思吗？哈哈哈！"她又大笑起来，"你一直到现在，才说出你真正的问题吧？"

"我不懂。"我摇头。

"你不懂！我懂。"她说，"等我和楚濂离了婚，你也可以和费云帆离婚，然后，你和楚濂再结婚，这样，有情人终成眷属，岂不是最美满的大喜剧！"

"绿萍！"我喊，"你知不知道你在说什么？"

"我知道，我知道得太清楚了！"她喊，"自从你回来之后，楚濂天天去妈妈家，看妈妈，还是看你？难道你们没有旧情复燃？"

"我保证，"我急急地说，"我没有和单独楚濂讲过一句话！"

"讲过与没有讲过，关我什么事呢？"她又冷笑了，"反正，我已经决定和楚濂离婚！至于你和费云帆呢——"她拉长了声音，忽然顿住了，然后，她问我："喂，你那个费云帆，是天字第几号的傻瓜？"

"什么？"我浑浑噩噩地问，糊涂了。

"我如果算是天字第一号的大傻瓜的话，他起码可以算是天字第二号的大傻瓜！"她说，斜睨着我。"他为什么娶你？"她单刀直入地问。

我怔了怔。

"老实说，直到现在，我也不知道他为什么要娶我。"我坦率地回答，"我想，在当时那种混乱的情况下，大家都有些迷乱，他娶我……或许是因为同情。"

"同情？"绿萍叫，"难道他竟然知道你和楚濂相爱？难道他知道你爱的不是他而是楚濂？"

"他知道。"我低语，"他什么都知道。"

"天哪！"绿萍瞪大了眼睛，"好了，我必须把那个天字第一号傻瓜的位置让给他，我去当天字第二号的了！因为，他比我还傻，我到底还是蒙在鼓里头，以为楚濂爱我而结的婚，他却……"她吸口气，"算我服了他了，在这世界上，要找他这样的傻瓜还真不容易呢！"

我对于云帆是天字第几号傻瓜的问题并不感兴趣，我关心的仍然是绿萍与楚濂的问题。我沉默了片刻，然后，我问：

"你和楚濂已经谈过离婚的问题了？"

"是的，我们谈过了，不止一次，不止一百次，从结婚三个月后就开始冷战，半年后就谈判离婚，如果不是我们双方父母都干涉得太多的话，说不定早就离了。现在，麻省理工学院已给了我奖学金，你又从欧洲回来了，我们再也没有继续拖下去的理由了，说不定明天，说不定后天，我们就可以去办手续，双方协议的离婚，只要找个律师签签字就行了。"

她说得那样简单，好像结束一个婚姻就像结束一场儿戏似的。

"绿萍，"我幽幽地说，"我回来与你们的离婚有什么关系呢？"

"哈！"她又开始她那习惯性的冷笑，"关系大了！紫菱，我谢谢你这些年来的好心，把你的爱人让给了我，现在，我把他还给了你，懂了吗？"

"可是，"我傻傻地说，"一切早就变了，你或许要离婚，而我呢？我还是云帆的太太。"

她锐利地盯着我。

"你真爱费云帆吗？"她问，"你爱吗？"

"我……"

"哈哈！你回答不出来了！哦，紫菱紫菱，你这个糊涂蛋！你一生做的错事还不够吗？为了你那些见了鬼的善良与仁慈，你已经把我打进了地狱，现在，你还要继续地害费云帆！他凭什么要伴着你的躯壳过日子！我告诉你，我现在以我们姐妹间还仅存的一些感情，给你一份忠告，趁早和费云帆离婚吧，不要再继续害人害己了！我和楚濂的下场，就是你们的好例了！至于你和不和楚濂重归于好，老实说，我根本不关心！你们通通毁灭，我也不关心！"

"绿萍！"我低声喊，心中已经乱得像一团乱麻，她那些尖锐的言辞，她那些指责，她那种"无情"与"冷漠"的态度都把我击倒了。我头昏脑涨而额汗。一种凄凉的情绪抓住了我，我低语："我们难道不再是亲爱的姐妹了吗？"

"亲爱的姐妹，"她自言自语，掉头看着窗子，"我们过分地亲爱了！人生许多悲剧，就是因为爱而发生的，不爱反而没问题了！"她掠了掠头发，"好吧，总之，我谢谢你来看我这一趟，我想，我们都谈了一些'真实'的、'内心'的话，可是，真实往往是很残忍的！紫菱，我但愿我还能像以前那样和你挤在一个被窝里互诉衷曲，但是，请你原谅我，我不再是当年的我了！除了失去一条腿之外，我还失去了很多的东西，美丽、骄傲、自负、与信心！我都失去了。或许，你会认为我变得残忍了，但是，现实待我比什么都残忍，我就是从残忍中滚过来的！紫菱，不要再去寻你那个温柔多情的姐姐了，她早就死去了！"

我扑过去，抓住她的手。

"不不，绿萍，"我说，"你不要偏激，一切并没有那么坏……"

她从我手中抽出她的手来，冷冷地说：

"你该走了，紫菱，我们已经谈够了，天都快黑了，抱歉，我无意于留你吃晚饭！"

"绿萍！"我含着泪喊。

"不要太多愁善感，好吗？"她笑了笑，"你放心，当我拿到博士学位的时候，我会找回我的信心！"她再凝视了我一下，"再见！紫菱！"

她是明明白白地下逐客令了，我也不能再赖着不走了。站起身来，我望着她，一时间，我泪眼迷蒙。她说对了，我那个温柔多情的姐姐已经死了！面前这个冷漠的女人，除了残存的一丝野心之外，只有残忍与冷酷！我闭了闭眼睛，然后，我甩了一下头，毅然地说：

"好吧，再见，绿萍！我祝福你早日拿到那个博士学位，早日恢复你的信心和骄傲！"

"到现在为止，你才说了一句像样的话！"她微笑地说。

我再也不忍心看她，我再也不愿继续这份谈话，我更无法再在屋里多待一分钟，我冲出了那院子，冲出了那大门。我泪眼模糊，脚步踉跄，在那小巷的巷口，我差一点撞在一辆急驶进来的摩托车上。

车子刹住了，我愕然地站着，想要避开已经绝不可能，楚濂的手一把抓住了我。

"紫菱！"他苍白着脸哑声地叫，"还想要躲开我？"

我呆呆地站着，呆呆地望着他。心中是一片痛楚、迷茫，与混沌。

拾玖

NINETEEN

他整夜没有回到卧房里来,我睡睡醒醒,下意识地窥探着他,他坐在客厅里,抽烟一直抽到天亮。

二十分钟以后，我和楚濂已经坐在中山北路一家新开的咖啡馆里了。我叫了一杯咖啡，瑟缩而畏怯地蜷在座位里，眼睛迷迷茫茫地瞪着我面前的杯子。楚濂帮我放了糖和牛奶，他的眼光始终逗留在我脸上，带着一种固执的、烧灼般的热力，他在观察我、研究我。

"你去看过绿萍了？"他低问。

我点点头。

"谈了很久吗？"

我再点点头。

"谈些什么？"

我摇摇头。

他沉默了一会儿，他眼底的那股烧灼般的热力更强了，我在他这种恼人的注视下而惊悸，抬起眼睛来，我祈求似的看了他一眼，于是，他低声地、压抑地喊：

"紫菱，最起码可以和我说说话吧！"

我颓然地用手支住头，然后，我拿起小匙，下意识地搅动着咖啡，那褐色的液体在杯里旋转，小匙搅起了无数的涟漪，我看着那咖啡，看着那涟漪，看着那蒸腾的雾气，于是，那雾气升进了我的眼睛里，我抬起头来，深深地瞅着楚濂，我低语：

"楚濂，你是一个很坏很坏的演员！"

他似乎一下子就崩溃了，他的眼圈红了，眼里布满了红丝，他紧盯着我，声音沙哑而战栗：

"我们错了，紫菱，一开始就不该去演那场戏！"

"可是，我们已经演了，不是吗？"我略带责备地说，"既然演了，就该去演好我们所饰的角色！"

"你在怨我吗？"他敏感地问，"你责备我演坏了这个角色吗？你认为我应该扮演一个成功的丈夫，像你扮演一个成功的妻子一样吗？是了，"他的声音僵硬了，"你是个好演员，你没有演坏你的角色！你很成功地扮着费太太的角色！而我，我失败了，我天生不是演戏的材料！"

"你错了，楚濂，"我慢吞吞地说，"我和你不同，我根本没有演过戏，云帆了解我所有的一切，我从没有在他面前伪装什么，因为他一开始就知道事情的真相！"

他瞪着我。

"真的吗？"他怀疑地问。

"真的。"我坦白地说。

"哦！"他瞠目结舌，半晌，才颓然地用手支住了额，摇了摇头，"我不了解那个人，我从不了解那个费云帆！"他沉思片刻，"但是，紫菱，这两年来，你过得快乐吗？"

我沉默了。

"不快乐，对吗？"他很快地问，他的眼底竟闪烁着希冀与渴求的光彩，"你不快乐，对吗？所以你回来了！伴着一个你不爱的男人，你永远不会快乐，对吗？"

"哦，楚濂！"我低声说，"如果我说我没有快乐过，那是骗人的话！云帆有几百种花样，他永远带着各种的新奇给我，这两年，我忙着去吸收，根本没有时间去不快乐。"我侧头凝思，"我不能说我不快乐，楚濂，我不能说，因为，那是不真实的！"

"很好，"他咬咬牙，"那么，他是用金钱来满足你的好奇了，他有钱，他很容易做到！"

"确实，金钱帮了他很大的忙，"我轻声说，"但是，也要他肯去用这番心机！"

他瞅着我。

"你是什么意思？"他闷声说。

"不，不要问我是什么意思，我和你一样不了解云帆，结婚两年，他仍然对我像一个谜，我不想谈他。"我抬眼注视楚濂，"谈你吧！楚濂，你们怎么会弄成这样子？怎么弄得这么糟？"

他的脸色苍白而憔悴。

"怎么弄得这么糟！"他咬牙切齿地说，"紫菱，你已经见过你的姐姐了，告诉我，如何和这样一个虐待狂般的女人相处？"

"虐待狂！"我低叫，"你这样说她是不公平的！她只是因为残废、自卑，而有些挑剔而已！"

"是吗？"他盯着我，"你没有做她的丈夫，你能了解吗？当你上了一天班回家，餐桌上放着的竟是一条人腿，你有什么感想？"

"哦！"我把头转开去，想着刚刚在沙发上发现的那条腿，仍然反胃、恶心，而心有余悸。"那只是她的疏忽。"我勉强地说，"你应该原谅她。"

"疏忽？"他叫，"她是故意的，你懂不懂？她以折磨我为她的乐趣，你懂不懂？当我对她说，能不能找个地方把那条腿藏起来，或者干脆戴在身上，少拿下来。你猜她会怎么说？她说：'还我一条真腿，我就用不着这个了！'你懂了吗？她是有意在折磨我，因为她知道我不爱她！她时时刻刻折磨我，分分秒秒折磨我，她要我痛苦，你懂了没有？"

我痛楚地望着楚濂，我知道，他说的都是真的。我已经见过了绿萍，我已经和她谈过话，我知道，楚濂说的都是真的。我含泪睒着楚濂。

"楚濂，你为什么要让她知道？让她知道我们的事。"

他凝视我，然后猝然间，他把他的手压在我的手上，他的手灼热而有力，我惊跳，想抽回我的手，但他紧握住我的手不放。他注视着我，他的眼睛热烈而狂野。

"紫菱，"他哑声说，"只因为我不能不爱你！"

这坦白的供述，这强烈的热情，一下子击溃了我的防线，泪水迅速地涌进了我的眼眶，我想说话，但我已语不成声，我只能低低地、反复地轻唤：

"楚濂，哦，楚濂！"

他扑向我，把我的手握得更紧。

"相信我，紫菱，我挣扎过，我尝试过，我努力要忘掉你，我曾下定决心去当绿萍的好丈夫。但是，当我面对她的时候，我想到的是你，当她埋怨我耽误了她的前程的时候，我想到的也是你。面对窗子，我想着你的《一帘幽梦》，骑着摩托车，我想着你坐在我身后，发丝摩擦着我的面颊的情景！那小树林……哦，紫菱，你还记得那小树林吗？每当假日，我常到那小树林中去一坐数小时，我曾像疯子般狂叫过你的名字，我也曾像傻瓜般坐在那儿偷偷掉泪。哦，紫菱，我后悔了，我真的后悔了，我实在不该为了一条腿付出那么大的代价！"

一滴泪珠落进了我的咖啡杯里，听他这样坦诚的叙述令我心碎。许多旧日的往事像闪电般又回到了我的面前，林中的狂喊，街头的大叫，窗下的谈心，雨中的漫步……哦，我那疯狂而傻气的恋人！是谁使他变得这样憔悴，这样消瘦？是谁让我们相恋，而又让我们别离？命运弄人，竟至如斯！我泪眼模糊地说：

"楚濂，再说这些，还有什么用呢？"

"有用的，紫菱！"他热烈地说，"你已经见过绿萍了？"

"是的。"

"她说过我们要离婚吗？"

"是的。"

"你看！紫菱，我们还有机会。"他热切地紧盯着我，把我的手握得发痛，"以前，我们做错了，现在，我们还来得及补救！我们不要让错误一直延续下去。我离婚后，我们还可以重续我们的幸福！不是吗，紫菱？"

"楚濂！"我惊喊，"你不要忘了，我并不是自由之身，我还有一个丈夫呢！"

"我可以离婚，你为什么不能离婚？"

"离婚？"我睁大眼睛，"我从没有想过我要离婚！我从没想过！"

"那是因为你不知道我要离婚！"他迫切地、急急地说，"现在你知道了！你可以开始想这个问题了！紫菱，我们已经浪费了两年多的时间，难道还不够吗？这两年多的痛苦与相思，难道还不够吗？紫菱，我没有停止过爱你，这么多日子以来，我没有一天停止过爱你，想想看吧，紫菱，你舍得再离开我？"

我慌乱了，迷糊了，我要抽回我的手，但他紧握不放，他逼视着我，狂热地说："不不！别想抽回你的手，我不会放开你，我再也不会放开你了！两年前，我曾经像个傻瓜般让你从我手中溜走，这次，我不会了，我要把你再抓回来！"

"楚濂，"我痛苦地喊，"你不要这样冲动，事情并没有你想象的这么简单。你或许很容易离婚，但是，我不行！我和你的情况不同……"

"为什么不行？"他闪烁的大眼睛直逼着我，"为什么？他不肯离婚？他不会放你？那么，我去和他谈！如果他是个有理性的男人，他就该放开你！"

"噢，千万不要！"我喊，"你千万不能去和他谈，你有什么立场去和他谈？"

"你爱我，不是吗？"他问，他的眼睛更亮了，他的声音更迫切了，"你爱我吗？紫菱！你敢说你不爱我吗？你敢说吗？"

"楚濂，"我逃避地把头转开，"请你不要逼我！你弄得我情绪紧张！"

他注视着我，深深地、深深地注视着我。然后，忽然间，他放松了紧握着我的手，把身子靠进了椅子里。他用手揉了揉额角，喃喃地、自语似的说：

"天哪！我大概又弄错了，两年的时间不算短，我怎能要求一个女孩子永远痴情？她早就忘记我了！在一个有钱的丈夫的怀抱里，她早就忘记她那个一无所有的男朋友了！"

"楚濂！"我喊，"你公平一点好吗？我什么时候忘记过你？"泪水滑下我的面颊，"在罗马，在法国，在森林中的小屋里……我都无法忘记你，你现在这样说，是存心要咒我……"

"紫菱！"他的头又扑了过来，热情重新燃亮了他的脸，他的声音中充满了狂喜的颤抖，"我知道你不会忘了我！我知道！我都知道！我知道得太深了！从你只有五六岁，我就知道你，从你梳着小辫子的时代，我就知道你！紫菱，你原谅我一时的怀疑，你原谅我语无伦次！能再和你相聚，能再和你谈话，我已经昏了头了！"他深深地吸了口气，"现在，既然你也没有忘记我，既然我们仍然相爱，请你答应我，再给我一次机会！和他离婚，嫁给我！紫菱，和他离婚，嫁给我！"

我透过泪雾，看着他那张充满了焦灼、渴望与热情的脸，那对燃烧着火焰与渴求的眼睛，我只觉得心弦抽紧而头晕目眩，我的心情紊乱，我的神志迷茫，而我的意识模糊。我只能轻轻地叫着：

"楚濂，楚濂，你要我怎么说？"

"只要答应我！紫菱，只要你答应我！"他低嚷着，重重地喘着气，"我告诉你，紫菱，两年多前我就说过，我和绿萍的婚姻，是个万劫不复的地狱！现在，我将从地狱里爬起来，等待你，紫菱，唯有你，能让我从地狱里转向天堂！只有你！紫菱！"

"楚濂，"我含泪摇头，"你不懂，我有我的苦衷，我不敢答应你任何话！"

"为什么？"他重新握住了我的手，"为什么？"

"我怎样对云帆说？我怎样对云帆开口？他和绿萍不同，这两年多以来，他完全是个无法挑剔的丈夫！"

"可是，你不爱他，不是吗？"他急急地问，"你说的，他也知道你不爱他！"

"是的，他知道。"

"那么，你为什么要维持一个没有爱情的婚姻？"他咄咄逼人，"难道因为他有钱？"

"楚濂！"我厉声喊。

他立即用手支住额，辗转地摇着他的头。

"我收回这句话！"他很快地说，"我收回！请你原谅我心慌意乱。"

我望着他，一时间，不知该说些什么好。我沉默了，他也沉默了，我们默然相对，彼此凝视，有好长好长一段时间，我们谁也不开口。可是，就在我们这相对凝视中，过去的一点一滴都慢慢地回来了。童年的我站在山坡上叫楚哥哥，童年的我趴在地上玩弹珠，童年的我在学骑脚踏车……眼睛一眨，我们大了，他对我的若即若离，我对他的牵肠挂肚，绿萍在我们中间造成的疑阵，以至那大雨的下午，他淋了雨站在我的卧室里，那初剖衷肠时的喜悦，那偷偷约会的甜蜜，那小树林中的高呼……我闭上了眼睛，仰靠在椅子里，于是，我听到他的声音，在低低地呼唤着：

"我爱紫菱！我爱紫菱！我爱紫菱！"

我以为那仍然是我的回想，可是，睁开眼睛来，我发现他真的在说。泪水又滑下了我的面颊，我紧握了他的手一下，我说：

"如果我没有回来，你会怎样？"

"我还是会离婚。"

"然后呢？"

"我会写信追求你，直到把你追回来为止！"

"楚濂，"我低回地说，"天下的女孩子并不止我一个！"

"我只要这一个!"他固执地说。

"什么情况下,你会放弃我?"

"任何情况下,我都不会放弃你!"他说,顿了顿,又忽然加了一句,"除非……"

"除非什么?"我追问。

"除非你不再爱我,除非你真正爱上了别人!这我没有话讲,因为我再也不要一个没有爱情的婚姻!但是……"他凝视我,"不会有这个'除非',对吗?"

我瞅着他,泪眼凝注。

"答应我!"他低语,低得像耳语,"请求你,紫菱,答应我!我有预感,费云帆不会刁难你的。"

"是的,"我说,"他不会。"

"那么,你还有什么困难呢?"他问。

"我不知道。"我说,继续瞅着他,"你真的这样爱我,楚濂?你真的还要娶我,楚濂?"

"我真的吗?"他低喊,"紫菱,我怎样证明给你看?"他忽然把手压在桌上的一个燃烧着蜡烛的烛杯上。"这样行吗?"他问,两眼灼灼地望着我。

"你疯了!"我叫,慌忙把他的手从烛杯上拉下来,但是,已经来不及了,他的手心迅速地脱掉了一层皮,肉色焦黑。"你疯了!"我摇头,"你疯了!"泪水成串地从我脸上滚下,我掏出小手帕,裹住了他受伤的手。抬眼看他,他只是深情款款地凝视着我。

"相信我了吗?"他问。

"我相信，我一直相信！"我啜泣着说。

"那么，答应我了吗？"

我还能不答应吗？我还能拒绝吗？他是对的，没有爱情的婚姻有什么意义？绿萍也是对的，我不要再害人害己了，费云帆凭什么要伴着我的躯壳过日子？离婚并不一定是悲剧，没有感情的婚姻才是真正的悲剧！我望着楚濂，终于，慢慢地，慢慢地，我点了头。

"是的，"我说，"我答应了你！"

他一把握紧了我的手，他忘了他那只手才受过伤，这紧握使他痛得咧开了嘴。但是，他在笑，他的唇边堆满了笑，虽然他眼里已蓄满了泪。

"紫菱，我们虽然兜了一个大圈子，可是，我们终于还是在一起了。"

"还没有，"我说，"你去办你的离婚手续，等你办完了，我再办我的！"

"为什么？"

"说不定你办不成功！"我说，"说不定绿萍又后悔了，又不愿和你离婚了。"

"有此可能吗？"他笑着问我，"好吧，我明白了你的意思，一定要我先离了婚，你才愿意离婚，是吗？好吧！我不敢苛求你！我都依你！我——明天就离婚，你是不是明天也离？"

"只要你离成了！"

"好，我们一言为定！"

我们相对注视，默然不语。时间飞快地流逝，我们忘了时间，忘了一切，只是注视着，然后，我忽然惊觉过来：

"夜已经深了，我必须回去了！"

"我送你回去。"他说，站起身来，又叹了口长气，"什么时候，我不要送你回去，只要伴你回家？"他问，"回我们的家？"

什么时候？我怎么知道呢？我们走出了咖啡馆，他不理他的摩托车，恳求走路送我。

"和我走一段吧！"他祈求地说，"我承认我在拖时间，多拖一分是一分，多拖一秒是一秒，我真不愿——"他咬牙，"把你送回你丈夫的身边！"

我们安步当车地走着，走在晚风里，走在繁星满天的夜色里，依稀仿佛，我们又回到了当年，那偷偷爱恋与约会的岁月里了，他挽紧了我。

这一段路程毕竟太短了，只一会儿，我们已经到了我的公寓门口，我站住了，低低地和他说再见。他拉着我的手，凝视了我好久好久，然后，他猝然把我拉进了他的怀里，在那大厦的阴影中，他吻了我，深深地吻了我。

我心跳而气喘，挣脱了他，我匆匆地抛下了一句"我再和你联络！"就跑进公寓，一下子冲进了电梯里。

用钥匙打开房门，走进客厅的时候，我仍然浑浑噩噩的，我仍然心跳，仍然气喘，仍然神志昏乱而心神不定。我才跨进客厅，就一眼看到云帆，正独自坐在沙发里抽着香烟，满屋子的烟雾弥漫，他面前的咖啡桌上，一个烟灰缸里已堆满了烟蒂。

"你好，"他轻声地说，喷出一口烟雾，"你这个夜游的女神。"

我站住了，怔在那儿，我听不出他声音里是不是有火药味。

"我想，"他再喷出一口烟来，"你已经忘了，我们曾约好一块儿吃晚饭！"

天！晚饭，我晚上除了喝了杯咖啡之外，什么都没吃，至于和云帆的"约会"，我早已忘到九霄云外去了。我站着，默然不语，如果风暴马上要来临的话，我也只好马上接受它。反正，我要和他离婚了！

他熄灭了烟蒂，从沙发深处站起身来，他走近了我，伸出手来，他托起我的下巴，审视着我的脸和我的眼睛。我被动地站着，被动地望着他，等待着风暴的来临。但是，他的脸色是忍耐的，他眼底掠过一抹痛楚与苦涩，放下手来，他轻声地说：

"你看来又疲倦又憔悴，而且，你哭过了！你需要洗个热水澡，上床去睡觉——"他顿了顿，又温柔地问："你吃过晚饭吗？"

我迷惘地摇了摇头。

"瞧，我就知道，你从不会照顾自己！"他低叹一声，"好了，你去洗澡，我去帮你弄一点吃的东西！"

他走向了厨房。

我望着他的背影，怎么？没有责备吗？没有吵闹吗？没有愤怒吗？没有风暴吗？我迷糊了！但是，我是真的那样疲倦，那样乏力，那样筋疲力尽，我实在没有精神与精力来分析这一切了。我顺从地走进卧室，拿了睡衣，到浴室里去了。

当我从浴室里出来，他已经弄了一个托盘，放在床边的床头柜上，里面是一杯牛奶、一个煎蛋和两片烤好的土司。

"你必须吃一点东西！"他说。

我吃了，我默默地吃了，始终没说过一句话，他看着我吃完，又看着我躺上了床，他帮我把棉被拉好，在我额上轻吻了一下，低声说：

"睡吧，今晚，什么都不要去想，好吗？"

拿着托盘，他走出了卧室。

他整夜没有回到卧房里来，我睡睡醒醒，下意识地窥探着他，他坐在客厅里，抽烟一直抽到天亮。

一帘幽梦

贰拾

TWENTY

我有一帘幽梦，终于有人能共！多少辛酸在其中，只有知音能懂！

三天以后，楚濂和绿萍正式离了婚。

消息传来的时候是下午，我正和云帆坐在客厅中。我很消沉，这三天我一直心不在焉而情绪低落，云帆在弹吉他，一面弹，他一面有一搭没一搭地和我谈话，竭力想鼓起我的兴致。关于那晚我的迟归，以及和绿萍的谈话，他始终没有问过我，我也始终没有提过。

楚濂和绿萍离婚的消息，是母亲的一个电话带来的，我握着听筒，只听到母亲在对面不停地哭泣，不停地叫：

"这可怎么好？结婚才两年多就离了婚！又不是个健健康康的女孩子，将来还有谁要她？……她现在搬回家来住了，她说她要到美国去，要马上去美国！哦哦，我怎么那么命苦，刚刚回来一个女儿，又要走一个！哦哦，紫菱，怎么办呢？她去美国，有谁能照顾她呢？哦哦，为什么我们家这么不幸，这么多灾多难！那个楚濂，他居然同意绿萍的提议，他就一点也不能体会女孩子的心，小夫妻闹闹别扭，何至于就真的离婚……"

电话听筒似乎被绿萍抢过去了，我听到绿萍的声音，在听筒对面对我大吼："紫菱！你的时代来临了，我把你的心肝宝贝还给你，祝你幸福无穷，多子多孙！"

电话挂断了，我愕然地握着听筒，我相信我一定脸色苍白。慢慢地，我把电话挂好，回过头来，我接触到云帆的眼睛，他正一眨也不眨地望着我。

"绿萍和楚濂离婚了！"我愣愣地说。

"哦？"他继续盯着我。

"绿萍要去美国，"我仓促地说，觉得必须要找一些话来讲，因为我已经六神无主而手足失措，"她又获得了麻省理工学院的奖学金，那学校并不在乎她少不少一条腿。绿萍认为，这是她重新获得幸福与快乐的唯一机会！"

"很有理！"云帆简短地说，"我是她，也会这样做！"

我望着他，一时间，不知道该说什么好，也无法判断，他话里有没有别的意思，以及他是否已看出我的企图。因为，他整个面部表情，都若有所思而莫测高深。我局促地站着，不安地踱着步子，于是，蓦然间，电话铃又响了起来，我吃了一惊，下意识地拿起了电话。

"喂？"我说，"哪一位？"

"紫菱吗？"对方很快地问，声音里充满了快乐、喜悦，与激情！我闭上了眼睛，天！这竟是楚濂！"我只要告诉你，我的事情已经结束了，你的呢？"

"我……"我很快地扫了云帆一眼，他斜靠在沙发中，抱着吉他，仍然一眨也不眨地看着我，我心慌意乱了，"我……再和你联络，好不好？"我迅速地说，"你在什么地方？"

"我也搬回我父母家了！"他说，压抑不住声音里的兴奋，"你一有确定消息就打电话给我，好不好？"

"好的，好的。"我急于想挂断电话。

"等一等，紫菱！"楚濂叫，"你没有动摇吧？你没有改变吧？你还记得答应我的诺言吧？"

"是的，是的，我记得。"我慌乱地说。

"那么，紫菱，我等你的消息，我一直坐在电话机边等你的消息，不要折磨我，不要让我等太久，再有——"他深吸了一口气，"我爱你，紫菱！"

我挂断了电话，眼里已充满了泪水。云帆把吉他放在地毯上，站起身来，他慢慢地走到我的身边。我背靠在架子上，满怀充斥着一种被动的、迷茫的情绪，我瞪大眼睛望着他。他轻轻地用手托起我的下巴，审视着我的脸和我的眼睛，好半天，他才低沉地问：

"谁打来的电话？楚濂吗？"

我默默地点了点头。

"他要什么？"他问。

我不语，只是睁大眼睛望着他。

"要你离婚，是吗？"他忽然说，紧盯着我，完全直截了当地问了出来。

我打了一个寒战，仍然沉默着。

"很好，"他点了点头，憋着气说，"这就是你救火的结果，是不是？"

我眼里浮动着泪雾，我努力维持不让那泪水滚下来。

"现在，楚濂和绿萍已经离了婚，当初错配了的一段姻缘是结束了。剩下来的问题，应该是你的了，对不对？只要你也能够顺利地离成婚，那么，你们就可以鸳梦重温了，对不对？"

我继续沉默着。

"那么，"他面不改色地问，"你要对我提出离婚的要求吗？"

泪水滑下了我的面颊，我祈求似的看着他，依然不语。我想，他了解我，他了解我所有的意愿与思想。这些，是不一定要我用言语来表达的。可是，他的手捏紧了我的下巴，他的眼睛变得严厉而狞恶了。

"说话！"他命令地说，"你是不是要离婚？是不是？你说话！答复我！"

我哀求地望着他，一句话也说不出口。

"不要用这种眼光看我！"他喊，"只要把你的心事说出来！你是不是仍然爱着楚濂？你是不是希望和我离婚去嫁他？你说！我要你亲口说出来！是不是？"

我张开嘴，仍然难发一语。

"说呀！"他叫，"人与人之间，有什么话是说不出口的？你说呀！你明知道我不是一个刁难的丈夫！你明知道我从没有勉强你做过任何事情！如果你要离婚，只要你说出来，我绝不刁难你！如果你要嫁给楚濂，我绝不妨碍你！我说得够清楚了没有？那么，你为什么一直不讲话，你要怎么做？告诉我！"

我再也维持不了沉默，闭上了眼睛，我痛苦地喊：

"你明知道的！你明知道的！云帆，我嫁你的时候就跟你说明了的，我并没有骗过你！现在，你放我自由了吧！放我吧！"

很久，他没有说话，我只听到他沉重的呼吸声。

"那么，你的意思是要离婚了？"终于，他又重复地问了一句。

"是的！"我闭着眼睛叫，"是的！是的！是的！"

他又沉默了，然后，忽然间，他一把抓住了我的手腕，他的手指坚韧而有力，他喘着气说：

"跟我来！"

我睁开眼睛，惊愕地问：

"到什么地方去？"

他一语不发，拖着我，他把我一直拖向卧室，我惊惶而恐惧地望着他。于是，我发现他的脸色铁青，他的嘴唇毫无血色，他的眼睛里燃烧着火焰，充满了狂怒和狰狞。我害怕了，我瑟缩了，我从没有看过他这种表情，他像一只被激怒了的狮子，恨不得吞噬掉整个的世界。他把我拉进了卧室，用力一甩，我跌倒在床上。他走过来，抓住了我的肩膀：他一个字一个字地说：

"你欠了我一笔债，你最好还一下！"

我还来不及思索他这两句话的意思，他已经扬起手来，像闪电一般，左右开弓地一连给了我十几下耳光，他的手又重又沉，打得我眼前金星直冒，我摔倒在床上，一时间，我以为我已经昏倒了，因为我什么思想和意识都没有了。可是，我却听到了他的声音，沉重、激怒、感伤，而痛楚地响了起来，清晰地，一个字一个字地敲在我心坎上：

"我打了你，我们之间的债算是完了！你要离婚，我们马上可以离婚，你从此自由了！打你，是因为你如此无情，如此无义，如此无心无肝，连最起码的感受力你都没有！自从我在阳台上第一次看到你，我在你身上用了多少功夫，浪费了多少感情，我从没有爱一个女人像爱你这样！你迷恋楚濂，我不敢和他竞争，只能默默地站在一边，爱护你，关怀你。等到楚濂决定和绿萍结婚，我冒险向你求婚，不自量力地以为，凭我的力量和爱心，足可以把楚濂从你的心中除去！我带你去欧洲，带你去美国，每一天，每一小时，每一分钟，我用尽心机来安排一切，来博得你的欢乐和笑容！两年多的时间过去了，我再把你带回来，想看看你到底会不会被我感动，到底还爱不爱楚濂！很好，我现在得到答案了！这些年来，我所有的心机都是白费，我所有的感情，都抛向了大海，你爱的，依然是楚濂！很好，我当了这么久的傻瓜！妄想你有一天会爱上我！如今，谜底揭晓，我该悄然隐退了！我打了你，这是我第一次打人！尤其，打一个我所深爱的女人！可是，打完了，我们的债也清了！你马上收拾你的东西，滚回你父母的家里去！明天，我会派律师到你那儿去办理一切手续！从此，我希望再也不要见到你！"

他冲出了卧室，我瘫痪在床上，一动也不能动，只觉得泪水疯狂般地涌了出来，濡湿了我的头发和床罩。我听到他冲进了客厅，接着，是一阵乒乒乓乓的响声，他显然在拿那把吉他出气，我听到那琴弦的断裂声和木板的碎裂声，那"嗡嗡"的声音一直在室内回荡，然后，是大门合上的那声"砰然"巨响，他冲出去了，整栋房子都没有声音了，周围是死一般的沉寂。

我仍然躺在床上，等一切声浪都消失了之后，我开始低低地哭泣起来，在那一瞬间，我并不知道自己在为什么而哭。为挨打？为云帆那篇话？为我终于争取到的离婚？为我忽略掉的过去？还是为了我的未来？我都不知道，但是，我哭了很久很久，直到落日的光芒斜射进来，照射在那一面珠帘上，反射着点点金光时，我才突然像从梦中醒来了一般，我慢慢地坐起身子，软弱、晕眩，而乏力。我溜下了床，走到那一面珠帘前面，我在地毯上坐了下来，用手轻触着那些珠子。一刹那间，我想起罗马那公寓房子里的珠帘，我想起森林小屋的珠帘，我想起旧金山居所里的珠帘，以及面前这面珠帘，我耳边依稀荡漾着云帆那满不在乎的声音：

"如果没有这面珠帘，我如何和你'共此一帘幽梦'呢？"

我用手抚摩着那帘子，听着那珠子彼此撞击的、细碎的音响。于是，我眼前闪过了一个又一个的画面：阳台上，我和云帆的初次相逢。餐厅里，我第一次尝试喝香槟。在我的珠帘下，他首度教我弹吉他。车祸之后，他迫切地向我求婚……罗马的夜，那缓缓轻驶的马车。森林中，那并肩驰骋的清晨与黄昏……天哪，一个女人，怎能在这样深挚的爱情下而不自觉？怎能如此疏忽掉一个男人的热情与爱心？怎能？怎能？怎能？

我抱着膝坐在那儿，默然思索，悄然回忆。好久好久之后，我才站起身来，走到梳妆台前面。打开台灯，我望着镜子里的自己，我的面颊红肿，而且仍然在火辣辣地作痛。天！他下手真没有留情！可是，他或许早就该打我这几耳光，打醒我的意识，打醒我的糊涂。我瞪着镜子，我的眼睛从来没有那样清亮过，从来没有闪烁着如此幸福与喜悦的光彩，我愕然自问："为什么？"

为什么？我听到心底有一个小声音在反复低唤：云帆！云帆！云帆！

我站起身来，走进了客厅，开亮电灯，我看到那已被击成好几片的吉他。我小心翼翼地把那些碎片拾了起来，放在餐桌上，我抚摩那一根一根断裂的琴弦，我眼前浮起云帆为我弹吉他的神态，以及他唱《一帘幽梦》里最后几句的样子：

"谁能解我情衷？

谁将柔情深种？

若能相知又相逢，

共此一帘幽梦！"

天哪！人怎能已经"相知又相逢"了，还在那儿懵懵懂懂？怎能？怎能？怎能？

我再沉思了片刻，然后，我冲到电话机旁，拨了楚濂的电话号码：

"楚濂，"我很快地说，"我要和你谈谈，一刻钟以后，我在吴稚晖铜像前面等你！"

十五分钟之后，我和楚濂见面了。

他一把抓住了我的手腕，急迫地问：

"怎样？紫菱！你和他谈过了吗？他同意了吗？他刁难你吗……"他倏然住了嘴，瞪视着我，"老天！"他叫，"他打过你吗？"

"是的。"我微笑地说。

"我会去杀掉他！"他苍白着脸说。

"不，楚濂，你不能。"我低语，"因为，他应该打我！"

"什么意思？"他瞪大了眼睛。

"楚濂，我要说的话很简单。"我说，"人生，有许多悲剧是无法避免的，也有许多悲剧，是可以避免的。你和绿萍的婚姻，就是一个无法避免的悲剧，幸好，你们离了婚，这个悲剧算是结束了。你还年轻，你还有大好前途，你还会找到一个你真正相爱的女孩，那时，你会找回你的幸福和你的快乐。"

"我不懂你在说什么，"他脸上毫无血色，他的眼睛紧紧地盯着我，"我已经找到那个女孩了，不是吗？我早就找到了，不是吗？我的快乐与幸福都在你的手里，不是吗？"

"不是，楚濂，不是。"我猛烈地摇头，"我今天才弄清楚了一件事情，我不能带给你任何幸福与快乐！"

"为什么？"

"就是你说的那句话：你再也不要一个没有爱情的婚姻！"

他的脸色更白了。

"解释一下！"他说，"这是什么意思？"

"我曾经爱过你，楚濂。"我坦率地说，"但是，那已经是过去的事了！假若我们在一开始相爱的时候，就公开我们的恋爱，没有发生绿萍的事情，或许我们已经结了婚，过得幸福而又快乐。可是，当初一念之差，今天，已经是世事全非了。我不能骗你，楚濂，我爱云帆，两年以来，我已经不知不觉地爱上了他，我再也离不开他。"

他静默了好几分钟，瞪视着我，像面对着一个陌生人。

"你在胡扯，"终于，他嘶哑地说，"你知不知道你自己在说什么？你脑筋不清楚，你在存心撒谎！"

"没有！楚濂，"我坚定地说，"我从没有这么清楚过，从没有这么认真过，我知道我自己在干什么！楚濂，请你原谅我，我不能和你在一起，否则，你是结束一个悲剧，再开始另外一个悲剧！楚濂，请你设法了解一件事实：云帆爱我，我也爱他！你和绿萍离婚，是结束一个悲剧，假若我和云帆离婚，却是开始一个悲剧。你懂了吗，楚濂？"

他站定了，街灯下，他的眼睛黑而深，他的影子落寞而孤独。他似乎在试着思索我的话，但他看来迷茫而无助。

"你的意思是说，你不再爱我了？"他问。

"不，我还爱，"我沉思了一下说，"却不是爱情，而是友谊。我可以没有你而活，却不能没有云帆而活！"

他的眼睛睁得好大好大，站在那儿，一眨也不眨地望着我，终于，他总算了解我的意思了，他垂下了眼帘，他的眼里闪烁着泪光。

"上帝待我可真优厚！"他冷笑着说。

"不要这样，楚濂，"我勉强地安慰着他，"失之桑榆，收之东隅，焉知道有一天，你不会为了没娶我而庆幸？焉知道你不能碰到一个真正相爱的女孩？"

"我仍然不服这口气，"他咬牙说，"他怎样得到你的？"

"西方有一句格言，"我说，"内容是：'为爱而爱，是神，为被爱而爱，是人。'我到今天才发现，这些年来，他没有条件地爱我，甚至不求回报。他能做一个神，我最起码，该为他做一个人吧！"

楚濂又沉默了，然后，他凄凉地微笑了一下。

"我呢？我是人，还是神？我一样都做不好！"掉转头，他说，"好了，我懂你了。我想，我们已经到此为止了，是不是？好吧！"他咬紧牙关，"再见！紫菱！"

"楚濂，"我叫，"相信我，你有一天，还会找到你的幸福！一定的！楚濂！"

他回头再对我凄然一笑。

"无论如何，我该谢谢你的祝福！是不是？"他说，顿了顿，他又深深地看了我一眼，忽然崩溃地摇了摇头，"你是个好女孩，紫菱，你一直是个好女孩，我竟连恨你都做不到……"他闭了闭眼睛，"最起码，我还是你的楚哥哥吧，紫菱？"

"你是的，"我含泪说，"永远是的！"

"好了！"他重重地一甩头，"回到你的'神'那儿去吧！"说完，他大踏步地迈开步子，孤独地消失在夜色里了。

我仍然在街头站立了好一会儿，呆呆地看着他的背影，直到他的影子完全消失了，看不见了，我才惊觉了过来。于是，我开始想起云帆了。是的，我该回到云帆身边去了，但是，云帆在哪儿？

云帆在哪儿？

云帆在哪儿？

云帆在哪儿？

我叫了计程车，直奔云帆的那家餐厅，经理迎了过来：不，云帆没有来过！他可能在什么地方？不，不知道。我奔向街头的电话亭，一个电话打回父母那儿，不，云帆没有来过！再拨一个电话打到云舟那儿，不，他没有见到过云帆！

我站在夜风拂面的街头，茫然地看着四周。云帆，云帆，你在哪儿？云帆，云帆，你知道我已经解决了所有的问题了吗？忽然间，一个思想掠过了我的脑际，我打了个寒战，顿时浑身冰冷而额汗。他走了！他可能已经搭上了飞机，飞向欧洲、美洲、澳洲[1]，或是非洲的食人部落里！他走了！在他的绝望下，他一定安排好律师明天来见我，他自己搭上飞机，飞向世界的尽头去了！

叫了车子，我又直奔向飞机场。

我的头晕眩着，我的心痛楚着，我焦灼而紧张，我疲倦而乏力，冲

---

[1] 澳洲：澳大利亚。

向服务台，我说：

"我要今天下午每班飞机的乘客名单！"

"哪一家航空公司的？"服务小姐问。

"每一家的！"

那小姐目瞪口呆。

"到什么地方的飞机？"

"到任何地方的！"

"哦，小姐，我们没有办法帮你的忙！"她瞪着我，关怀地问，"你不舒服吗？你要不要一个医生？"

我不要医生！我只要云帆！站在那广大的机场里，看着那川流不息的人群，我心中在狂喊着：云帆，云帆，你在哪儿？云帆，云帆，你在哪儿？我奔进了人群之中，到一个个航空公司的柜台前去问，有一个费云帆曾经搭飞机走吗？人那么多，机场那么乱，空气那么坏……冷汗一直从我额上冒出来，我的胃在绞痛，扶着柜台，我眼前全是金星乱舞，云帆，云帆，云帆，云帆……我心中在疯狂地喊叫，我嘴里在不停地问：你们看到费云帆吗？你们看到费云帆吗？然后，我倒下去，失去了知觉。

醒来的时候，首先映入我眼帘的，是我卧室中的那一面珠帘，珠帘！我在什么地方？然后，我觉得有人握着我的手，我直跳起来：云帆！是的，我接触到云帆的眼光，他正握着我的手，坐在床沿上，带着一脸的焦灼与怜惜，俯身看着我。

"云帆！"我叫，支起身子，"真的是你吗？真的是你吗？你没有坐飞机走掉吗？"

　　"是我，紫菱，是我。"他喉音沙哑，他的眼里全是泪，"你没事了，紫菱，躺好吧，你需要休息。"

　　"可是，你在哪儿？"我又哭又笑，"我已经找遍了全台北市，你在哪儿？"

　　他用手抚摩我的头发，抚摩我的面颊。

　　"我在家里，"他说，"晚上八点钟左右，我就回到了家里，我想再见你一面，和你再谈谈。可是，你不在家，你的东西却都没有动，打电话给你父母，他们说你刚打过电话来找我。于是，我不敢离开，我等你，或者是你的电话。结果，机场的医护人员把你送了回来，幸好你皮包里有我的名片。他们说——"他握紧我的手，声音低哑，"你在机场里发疯一般地找寻费云帆。"

　　"我以为——"我仍然又哭又笑，"你已经搭飞机走掉了。"

　　他溜下了床，坐在我床前的地毯上，他用手帕拭去我的泪，他的眼睛深深深深地望着我。

　　"我差一点走掉了，"他说，"但是，我抛不下你，我渴望再见你一面，所以，我又回来了。你——找我干什么呢？"

　　我默默地瞅着他。

　　"为了要告诉你一句话。"我轻声说。

　　"什么话？"

　　"只有三个字的。"我说，含泪望着他。

　　"哦？"他低应，"是什么？"

　　"很俗气，但是很必须，而且，早就应该说了。"我说着，用手摸着他的脸。终于，慢慢地吐了出来："我爱你！"

他静默着，望着我，他屏息不动，什么话都不说。

"你还要我走吗？"我低声问，"还要我离开你吗？还生我的气吗？你瞧，我——只是个很傻很不懂事的小妻子。"

他俯下身子，他的唇吻住了我的。两滴泪珠从他眼里落在我的脸上，他把头埋进了我的头发里。

"你会嘲笑一个掉眼泪的男人吗？"他低问。

我把手圈上来，把他的头圈在我的臂弯里。

好半晌，他才抬起头来，凝视我，他的手指轻轻地、轻轻地触摸着我的面颊，他闭上眼睛，发出一声痛楚的叹息。

"天哪！"他低喊，"我从没想过会打你！更没想到会打得这么重，当时，我一定疯了！你肯原谅我吗？"

"只要——以后不要养成习惯。"我说，微笑着。

他摇了摇头。

"我保证——没有第二次。"他注视着我的眼睛，"还有件事，我必须告诉你，不知道你会不会不高兴。"他有些担忧而又小心翼翼地说。

"什么事？"

"刚刚医生诊断过你，你自己居然不知道吗？"

"知道什么？我病了吗？我只是软弱而疲倦。"

他把我的双手合在他的手里。

"你要做妈妈了。"

"哦？"我睁大了眼睛，怪不得！怪不得这些日子我头晕而软弱，动不动就恶心反胃，原来如此！接着，一层喜悦的浪潮就淹没了我，不高兴吗？我怎能不高兴呢？我掉头望着那珠帘，我笑了。"如果是男孩，取名叫小帆；如果是女孩，取名叫小菱！"我说，抚弄着我丈夫的头发，"妈妈说过，你应该做父亲了！"

云帆脸上迅速地绽放出一份狂喜的光彩，那光彩让我如此感动，我竟泪盈于睫了。

一阵晚风吹来，珠帘发出瑟瑟的声响：我有一帘幽梦，终于有人能共！多少辛酸在其中，只有知音能懂！我合上眼睛，微笑着，倦了，想睡了。

〈全书完〉

一九七三年四月十二日夜初稿于台北

一九七三年五月八日午后修正完毕

图书在版编目（CIP）数据

一帘幽梦 / 琼瑶著 . —长沙：湖南文艺出版社，2018.1
ISBN 978-7-5404-8347-0

Ⅰ . ①一… Ⅱ . ①琼… Ⅲ . ①长篇小说—中国—当代 Ⅳ . ① I247.5

中国版本图书馆 CIP 数据核字（2017）第 252723 号

上架建议：畅销·小说

YI LIAN YOU MENG
一帘幽梦

作　　者：琼　瑶
出 版 人：曾赛丰
责任编辑：薛　健　刘诗哲
监　　制：毛闽峰　赵　萌　李　娜
特约监制：何琇琼
版权支持：戴　玲
特约策划：李　颖　张园园　谢晓梅　杨　祎
特约编辑：马玉瑾
营销编辑：杨　帆　周怡文
装帧设计：利　锐
出版发行：湖南文艺出版社
　　　　　（长沙市雨花区东二环一段 508 号　邮编：410014）
网　　址：www.hnwy.net
印　　刷：三河市天润建兴印务有限公司
经　　销：新华书店
开　　本：860mm×1200mm　1/32
字　　数：220 千字
印　　张：9.25
版　　次：2018 年 1 月第 1 版
印　　次：2018 年 1 月第 1 次印刷
书　　号：ISBN 978-7-5404-8347-0
定　　价：42.00 元

若有质量问题，请致电质量监督电话：010-59096394
团购电话：010-59320018